KB042619

天魔飛魂 上

천마비상 4

초판 1쇄 인쇄일 2014년 6월 24일 ㅣ **초판 1쇄 발행일** 2014년 6월 26일

지은이 용우 ㅣ **펴낸이** 곽중열 ㅣ **담당편집 팀장** 이범수
편집부 신연제 이윤아 김호성 김은경

펴낸곳 (주)조은세상 ㅣ 출판등록 제 2002-23호
주소 경기도 연천군 미산면 청정로 1355
TEL 편집부 02)587-2966 ㅣ FAX 02)587-2922
e-mail bukdu@comics21c.co.kr

ⓒ용우 2014
ISBN 979-11-5512-512-0 ㅣ ISBN 979-11-5512-459-8(set) ㅣ 값 8,000원

용우 신무협 장편소설
NEO ORIENTAL FANTASY STORY
4

천마비상

天魔飛上

북두
(주)좋은세상

천마비상 4

NEO ORICNTAL FANTASY STORY

CONTENTS

天魔禁上 1章.

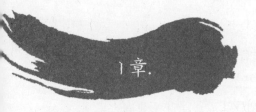

1章.

　그날 패마가 패했다.

　사황신권과 창천신검이라고 해서 무사한 것은 아니었
다.

　사황신권은 왼쪽 눈을 잃어야 했으며, 창천신검은 왼쪽
팔을 잃어야 했다.

　그에 반해 패마는 몸은 온전했으나 내부의 기운이 뒤틀
리며 더 이상 무공을 사용 할 수 없는 폐인이 되어야했다.

　산공독에 중독된 몸으로 두 사람을 패퇴시키고 수하들
이 있는 곳까지 찾아간 것이 기적에 가까울 정도로.

　패마의 패전은 천마성에 큰 충격을 가져다주었다.

　충격은 마치 파도와 같아 백중세를 이루며 사황성과 백

도맹을 잘 막아내고 있던 천마성 무인들의 정신을 흔들어 놓았다.

그 덕에 연전 패퇴.

검마가 어떻게든 수하들을 다독여 천마성으로 복귀하여 했지만 놈들은 집요했다.

계속해서 줄어드는 수하들과 죽어가는 패마.

결국 검마는 남은 자들을 지키기 위해 피눈물을 흘리며 천마성 무인들을 갈기갈기 찢어 놓았으며 그 스스로는 마검대와 함께 두 세력 무인들의 발을 묶기 위해 목숨을 내던졌다.

그 덕에 어떻게든 몸을 피할 수 있었지만 눈에 불을 밝히고 사황성과 백도맹은 마인들을 찾기 시작했고, 근 몇 개월 사이 엄청난 숫자의 마인들이 붙잡혀 가야 했다.

"그러니까 아직 사부님의 죽음이 확인 된 것은 아니로군."

소문에 귀를 기울이던 도현은 그나마 안심이 되는 듯 고개를 끄덕였다.

어딜 가나 천마성의 최후에 대한 이야기로 들썩이고 있었기에 도현이 딱히 애를 쓰지 않아도 쉽게 정보를 얻을 수 있었다.

뿐만 폐허가 된 천마성에 나타난 괴인에 대한 소문도 들을 수 있었다.

물론 그것이 도현 본인을 이야기 한다는 것을 알기에 그
저 웃어넘길 뿐이지만.

'우선 급한 것은 장로님들을 다시 만나는 것이다. 검마
장로님께서 목숨을 걸고 생로를 열었다면 그것을 의미 없
이 두고 보셨을 분들이 아니니. 사부님은…… 아무래도 오
장로님과 함께 계시겠군.'

소문으로 들은 패마의 상태는 가히 폐인과도 같다.

그렇다면 치료를 위해서라도 오 장로인 마선의와 함께
있을 것이란 것이 도현의 판단이었다.

비단 도현뿐만 아니라 대부분의 무인들이 같은 생각을
하고 있었다.

마선의의 이름은 그만큼 의술 방면에선 타의 추종을 불
허할 정도로 이름이 높았다.

'다들 그렇게 생각을 하고 있는 이상 오 장로님은 절대
로 모습을 보이지 않을 테지. 스스로 위험을 자처하실 분
이 아니니까. 대체 어떤 분부터 찾아야 할지…….'

쭈욱!

싸구려 죽엽청을 단숨에 목으로 넘기며 고민에 빠지는
도현.

천마성이 있던 자리를 벗어난 그는 쉬지 않고 움직인 끝
에 도착한 곳은 무한이었다.

지금은 폐쇄되었지만 구룡무관이 있던 무한이기에 무인들의 움직임도 제법 많은데다, 등잔 밑이 어두운 법이다.

설마하니 이곳에 천마성의 소성주였던 도현이 있을 것이라 생각하는 이는 아무도 없을 테다.

꿈틀.

"흠……."

턱을 쓰다듬는 도현.

그러고 보니 도현의 얼굴이 평소와 다르나.

가만 보고 있으니 평소보다 좀 더 얼굴선이 굵어지고 얼굴뼈의 윤곽이 많이 달라져 있었다.

철립을 벗는다 하더라도 아무도 알아보지 못할 정도였다.

'환마의 역용술이 이럴 때 빛을 발하는 군.'

오래 전 환마(幻魔)라 불리며 평생 자신의 본 얼굴을 보인 적이 없을 정도로 뛰어난 역용술을 자랑하던 마인이 있었다.

나중에는 그 뛰어난 역용술로 너무 많은 아녀자들을 욕보였기에 무림공적이 되어 죽임을 당했지만, 그 무공은 천마성으로 흘러 들어와 있었다.

그것을 기억하고 있던 도현이 펼친 것이다.

환마의 역용술은 당시에도 뛰어난 것이었지만 지금도 마찬가지였기에 누구도 도현을 알아보지 못하고 있었다.

다시 한 번 독한 죽엽청을 단숨에 넘기는 도현.

그때 도현의 귀가 번쩍 뜨이는 소리가 들려온다.

"내가 말이야 백도맹에 친한 친구가 있다고 하지 않았나?"

"그랬지. 오랜 친구라고 하지 않았나. 왜? 뭔가 재미있는 소식이라도 있는가?"

"후후, 아무래도 천마성 장로들 중 하나를 그 친구가 발견한 모양일세. 이미 백도맹의 정예들이 그 친구가 신고한 곳으로 달려가고 있는 중이라더군. 덕분에 많은 상금과 승진까지 할 것 같다고 내게 자랑을 해대더군!"

"부럽군 그래! 잔당의 지위에 따라 보상금이 천차만별이었지 않은가. 천마성의 장로라면 적어도 금 열 냥은 될 것이네!"

"그렇겠지."

탁.

술잔을 내려놓는 도현.

위치를 묻고 싶지만 섣불리 나설 수 없는 것이 도현의 위치다.

고대의 무공을 익히며 실력에 있어선 자신이 있는 도현이지만, 그 혼자서 모든 것을 감당 할 수는 없는 법이다.

게다가 지금은 실력을 자랑하고 있을 때가 아니라, 은밀히 움직이며 위험에 처한 천마성의 식구들을 구하러 다닐 때였다.

그때 도현의 가려운 등을 긁어주기라도 하려는 듯 몇몇 사람들이 나섰다.

"대체 거기가 어디우?"

"흠흠!"

갑작스런 사내들의 참견에 입을 열었던 사내는 마음에 들지 않는다는 듯 입을 다물었고, 그에 알았다는 듯 점소이를 부르는 사내.

"여기 술하고 안주 좋은 걸로!"

말과 함께 사내는 그의 앞에 작은 주머니를 내려놓는다. 짤랑이는 것이 분명 충분한 은자가 들었으리라.

"흐흐, 이곳에서 멀지 않은 구자산이라는 곳이라오."

사내의 말이 끝나기 무섭게 도현의 신형이 사라진다.

그가 사라진 자리엔 외로이 은자 한 냥 만이 놓여 있지만 객잔의 누구도 그것을 눈치 채지 못했다.

파바밧!

은밀하게 무한을 벗어나자마자 도현은 구자산을 향해 전력으로 달려가기 시작했다.

구자산은 그리 이름 있는 산은 아니지만 무한에서 반나절 정도에 있는 산으로 사람들의 출입이 뜸한 곳이었다.

평소라면 구자산이란 이름조차도 못 들어 봤을 테지만, 구룡무관 출신의 무인들에게 구자산은 익숙한 지명이었다.

가끔 수련을 위해 구룡무관을 벗어나 가는 곳이 구자산이었으니까.

쉬쉬쉭!

관도를 벗어나 빠른 속도로 움직이던 도현의 눈에 저 멀리 구자산의 모습이 보이기 시작한다.

"장로님."

피가 잔뜩 묻은 몸을 부들부들 떨며 마지막 보고를 펼치는 수하를 보며 칠 장로 거력마웅(巨力魔雄) 신도광은 이를 악물었다.

"보고…… 하라."

"적…… 들이 이미 산을 포위… 쿨럭! 했습니다. 어떻게든…… 탈출 하셔서 천마성의 힘을…… 컥!"

"……수고했다."

피를 쏟으며 눈도 감지 못하고 죽은 수하의 눈을 두꺼운 손으로 닫아주며 거력마웅은 잠시 간의 묵념으로 명복을 빌어주곤 자리에서 일어섰다.

거대한 덩치의 그가 일어서자 일제히 몸을 일으키는 수하들.

거력마웅의 뒤로 일천이 넘는 수하들이 독기를 품은 눈으로 명령만 기다린다.

처음 거력마웅의 뒤를 쫓아왔던 수하의 숫자는 무려 이

천에 가까웠지만 지금은 일천을 살짝 넘길 뿐이다.

그만큼 많은 수하들이 탈출하는 와중에 목숨을 잃은 것이다.

으득!

입술을 깨문 거력마웅이 하늘을 바라본다.

청명하고 투명한 하늘.

구름하나 없는 것이 어디로 움직이더라도 놈들을 뿌리칠 수 없을 것이 분명했다.

평소라면 다른 장로들에게 모든 일을 맡겨둔 채 자신 기분이 내키는 대로 움직였겠지만, 지금은 그럴 상황이 아니기에 거력마웅은 자신의 기분을 최대한 죽였다.

'지금은 최대한 많은 사람을 살려야 한다.'

자신을 믿고 따르고 있는 수하가 1천이다.

이들의 목숨을 헛되게 쓸 수는 없는 일이다.

"들어라. 어떻게든 이곳에서 벗어나면 무조건 숨어라. 그리고 때를 기다려라. 언젠가…… 반드시 우리 마인의 세상이 올 것이니!"

주르륵.

선명한 피눈물이 그의 두 눈을 따라 흘러내린다.

분하고 원통했다.

어떻게 쌓아올렸던 천마성이었던가. 그것이 이렇게 허무하게 무너질 것이라곤 누구도 생각지 않았었다.

거력마웅의 분함을 아는 것인지 누구하나 대답지 않았다.

그저 지독한 마기를 피워 올리며 살기를 머금을 뿐.

"길을 뚫는다! 남쪽으로 뚫을 것이다. 살아남은 자들은 숨어들어라. 다시 부를 때까지! 알겠나?"

"존명!"

"좋아! 가자!"

철컹!

몸을 돌리며 그의 분신과도 같은 대도(大刀)를 어깨에 들쳐 멘다.

그때였다.

"클클클. 웃기는 놈이로구나."

"누구냐!"

저 멀리 높은 나무 위.

노인이 당장이라도 부러질 것 같은 나무 위에 아무렇지 않은 듯 서 있었다.

바람이 불면 부는 대로 낭창낭창 휘어지면서도 용케 떨어지지 않는 노인을 보는 거력마웅의 표정이 창백해진다.

"소면마살!"

"호? 아직 노부를 기억하는 놈이 있었나? 아니지. 천마성의 장로 쯤 되면 내 이름을 모를 수 없겠지."

클클대며 웃는 노인을 보며 거력마웅은 이를 악문다.

소면마살은 그 별호와 같이 웃는 얼굴로 마인들을 죽이는 다니는 것으로 유명했던 자로, 천마성의 설립 이후 그를 죽이기 위해 부단히 노력했었지만 결국 모습을 감춰버린 자였다.

이에 대해 여러 가지 소문이 무성했지만 확실한 것은 그의 실력은 진짜라는 것이다.

천마성 칠 장로의 위치에 있는 거력마웅이 긴장할 정도로.

'주군께서 말씀하시길 위험한 놈이라고 했다. 하지만……'

으득!

이를 악문다.

자신의 뒤에는 수많은 수하들이 서 있었다.

자신이 소면마살을 베어 넘기지 못한다면 수많은 목숨들이 덧없이 사라져 갈 것이었다.

"그대가 설마하니 아직도 살아있을 것이라 생각하진 못했소이다. 죽어도 벌써 예전에 죽었을 것이라 생각했는데 말이오."

"클클클."

"백도맹의 개가 된 것이오?"

"클클클."

이어지는 거력마웅의 물음에도 그는 웃기만 할 뿐 대답지 않는다. 그러는 사이 수하들의 준비가 끝난 듯하자 거력마웅은 소면마살을 힐끔 쳐다보곤 몸을 날리려 했다.

하지만 그보다 먼저 앞을 가로 막으며 나타난 자가 있었다.

"하하, 아직 그대가 갈 때가 아니라네."

호쾌한 웃음과 함께 모습을 드러내는 중년인.

단단한 근육을 갑옷처럼 입은 거력마웅에 견줄 수도 있을 큰 몸을 지니고 있는 사내.

"패력사왕(覇力邪王)께서 이곳까지 납실 줄은 꿈에도 몰랐소이다."

주륵-.

말을 하면서도 절로 식은땀이 흘러내린다.

삼신이괴칠왕(三神二怪七王)으로 불리는 무림의 절대강자.

그 중 칠왕(七王)의 일인이 모습을 드러낸 것이다.

칠왕으로 불리는 자들은 비록 삼신이괴칠왕에서 말단으로 불리지만 천하에 널린 엄청난 무인들 중에서 손에 꼽히는 자들이다.

그런 이들이 약할 리 없다.

특히 칠왕 중 두 사람을 알고 있는 거력마웅으로선 그 사실을 너무나 잘 알고 있었다.

일 장로 검마와 이 장로 월영마검이 칠왕의 두 사람이었던 것이다.

그렇다고 해서 거력마웅이 겁먹은 것은 아니었다.

비록 칠왕에는 들지 못했으나 거력마웅 역시 그에 못지않은 실력자였다. 특히 칠왕 중 두 사람인 검마와 월영마검은 칠왕이라 부르기에 미안할 정도로 강한 자들이었다.

그런 이들과 오랜 시간을 함께해오며 수련을 거듭해온 거력마웅이다. 결코 칠왕에 밀리지 않는 실력을 지니고 있는 것이다.

"후우…… 아무래도 오늘 날이 좋지 않은 모양이로군."

긴 숨을 토해내는 거력마웅.

사실 패력사왕만 있다면 어떻게든 그를 처리 할 수 있겠지만, 안타깝게도 저쪽에서 소면마살이 상황을 지켜보고 있었다.

두 사람의 합공이라면 거력마웅이 전력을 쏟아 부어도 이기기 어렵다.

"뭐, 길게 말해봐야 서로 좋을 것도 없겠지."

웃으며 손가락을 튕기는 패력사왕.

그리곤 곧장 거력마웅을 향해 달려들었다.

"쳐라! 어떻게든 이곳을 빠져나간다!"

와아아아!

거력마옹의 명령과 함께 일제히 움직이기 시작하는 천마성 무인들.

그에 맞춰 산 밑에서부터 그들을 막기 위해 수많은 인원이 모습을 드러내기 시작했다.

◐

콰콰쾅-!

멀리서부터 들려오는 굉음과 코를 찌르는 피 냄새까지.

도현의 얼굴이 굳어지며 발걸음이 더 빨라진다.

구자산이 점차 가까워지자 마침내 현장 상황이 눈에 들어오기 시작했다.

멀쩡해야 할 산 이곳저곳이 엉망으로 부서져 있었다.

그리고 어김없이 그곳에는 많은 숫자의 시신들이 가득하다.

으득!

이를 악문 도현은 아직도 굉음이 들리는 곳으로 있는 힘것 몸을 날렸다.

파바밧!

잠시 뒤 도착한 곳에는 겨우 삼 백 정도의 인원이 자신들을 포위하고 있는 무인들을 상대하고 있는 모습이 눈에 들어온다.

특히 그들에게서 멀리 떨어지지 않은 곳에서 연신 대도를 휘둘러대는 거력마웅의 모습이 보였다.

'아직 살아있구나!'

상처 가득한 그의 모습이지만 도현은 보자마자 안심이 된다. 비록 많은 사람들이 죽었지만 그래도 완전히 늦은 것은 아닌 것이다.

하지만 깊게 생각하고 있을 틈이 없었다.

두 사람을 동시에 상대하고 있는 거력마웅이 위기에 몰렸기 때문이다.

스팟!

자신이 낼 수 있는 최고 속도로 움직인 도현.

어느새 바닥에 널 부러져 있던 검을 집어든 그의 손이 벼락 같이 움직인다.

"멈춰라!"

거력마웅의 뒤를 노리고 달려들었던 소면마살이 깜짝 놀라며 황급히 뒤로 물러선다.

쩌적!

뒤늦게 깊은 자국이 생겨난다.

"누구냐!"

자신을 방해한 것이 마음에 들지 않는 듯 외치는 소면마살을 향해 도현은 유령 같이 움직인다.

유령보(幽靈步)란 것으로 마공들 중에서도 보법에선 손

에 꼽는 무공이다.

스스스.

갑작스레 자신의 앞에서 나타나는 도현에게 깜짝 놀라면서도 재빨리 움직이려던 소면마살.

도현은 기회를 놓치지 않았다.

서컥-!

무심하게 움직인 그의 검이 소면마살의 몸을 양분한다.

"너, 넌…… 뭐……냐……!"

"천마(天魔)."

"빌…… 어먹……."

털썩!

외마디와 함께 피분수가 튀어 오르고 그의 몸이 쓰러진다.

갑작스런 상황에 모두의 시선이 쏠린다.

소면마살의 강함에 대해선 이 자리에 있는 이들 모두가 알고 있었다.

지금까지 거력마웅을 죽이지 않은 것은 그가 전력을 다하지 않았기 때문이라는 것도 안다.

그렇기에 이렇게 허무하게 죽을 자가 아니란 것도 알았다.

하지만 그는 죽었다.

허무하게.

좌악!

검에 묻은 피를 털어내며 싸움도 멈춘 채 자신을 바라보고 있는 사람들을 향해 도현은 비릿하게 웃으며 입을 열었다.

"움직이지 마라. 누구라도 움직이면……."

잠시 말을 끌며 마기와 살기를 잔뜩 흘리는 도현.

"죽는다."

침묵이 맴돈다.

산 전체를 뒤덮는 강렬한 마기와 살기는 상상을 초월하는 것이라 무공이 약한 이들 중엔 오줌을 지리며 자리에서 쓰러지는 이들이 나올 정도였다.

덜덜덜.

도저히 감당 할 수 없는 기운에 몸을 떠는 놈들을 보며 도현은 밝은 얼굴로 아직도 멍한 표정을 하고 있는 거력마웅을 보며 말했다.

"오랜만입니다, 장로님."

"소, 소성주?"

"네, 맞습니다. 늦은 것이 아니라 참 다행입니다."

웃는 도현을 보며 몸을 부들부들 떨던 거력마웅은 마침내 눈물까지 뿌려가며 도현을 와락 안는다.

"크허허헝! 우린 소성주가 죽은 줄 알고! 크허허헝!"

끝내 말을 잊지 못하고 부끄럽지도 않은 듯 크게 울음을 터트리는 그를 보며 도현은 말없이 등을 토닥여 준다.

그와 함께 상기된 얼굴로 살아남은 천마성 무인들이 일제히 무릎을 꿇었다.

"소성주님을 뵙습니다!"

쩌렁쩌렁!

그들의 목소리가 산을 뒤흔든다.

天魔飛上

2章.

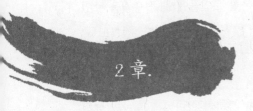

2 章.

타닥, 타닥!

피어오르는 모닥불 위에 올려진 멧돼지 고기가 먹음직
스럽게 익어간다.

이곳저곳에서 불 위에 올려진 종류는 다르지만 하나 같
이 먹음직스러운 것들이 익어가며 맛있는 향기를 사방 가
득 피워 올린다.

"어떻게 된 것이냐? 우린 네가 죽은 것으로만 알고 있었
다."

"어쩌다보니 도저히 밖으로 나올 수 없는 사정이 있어
서요. 지금도 겨우 밖으로 나올 수 있었던 겁니다. 그보다
대체 어떻게 된 겁니까? 천마성이 무너지다니?"

도현의 물음에 잠시 침묵을 지키던 거력마웅은 천천히 입을 열었다.

"그날 주군께서 패하셨던 것부터가 잘못된 일이었지. 당연히 놈들의 술수가 있을 것이라 예상해야 했는데 말이다. 그날 주군의 모습은 본성 무인들에게 큰 충격을 주었지만 겨우 그것으로 무너질 본성이 아니었다. 적이도 그 정체를 알 수 없는 산공녹에 중독되기 전까지는."

"산공독…… 입니까?"

"그래. 어떠한 해독제도 통하지 않았기에 우리는 매번 밀려야 했고, 나중에는 천마성으로 복귀도 하지 못하고 뿔뿔이 흩어져야 할 정도로 크게 대패했지. 신기한 것은 한 번 중독이 되었던 자들은 다음번에는 같은 산공독을 당해도 아무 장애가 없었다는 거지."

"으음……."

그의 말에 도현은 자신이 아는 것들 중 비슷한 것이 있는지 떠올려보지만 어디에도 그런 종류의 것은 없었다.

'아…… 새로운 산공독이라면 회의가 열렸을 때의?'

백도맹주와 사황성주가 습격 받았을 때에 사용되었던 산공독이 불현 듯 떠오른다.

그것이라면 충분히 설명이 된다.

"다른 분들은 어떻게 됐습니까?"

일부러 사부인 패마에 대해 묻지 않고 넘어가는 도현.

"흠…… 다른 형님들은 잘 모르겠다. 워낙 난전(亂戰)이 었으니까. 그래도 다들 한 가닥 하는 사람들이니 아직 무사하지 않을까 싶다. 누님의 경우는 귀주에서 보기로 했는데…… 무사한지는 모르겠다. 너도 알겠지만 누님을 따르는 이들이 대부분 여자들이다 보니."

쓰게 웃는 거력마웅을 보며 도현은 묵묵히 고개를 끄덕였다.

그의 말대로 거력마웅의 친 혈육인 육 장로 혈마음(血魔音) 신지수는 여인으로서 대단한 실력을 지닌 것은 분명하지만 그녀를 따르는 사람들 대부분이 여인이라는 것이 문제다.

단독 행동이라면 차라리 안심 할 수 있겠지만, 함께 움직이는 것이니 자칫 발목을 잡힐 수도 있는 문제인 것이다.

그러는 사이 어느새 멧돼지가 다 익었고, 이야기를 중단한 채 일행들은 각자의 음식을 먹는데 바쁘다.

특히 도현을 제외한 모두는 근래 제대로 된 식사를 한적이 없었기에 배를 채우는데 집중하고 있었다.

'그나마 행방을 알 수 있는 것이 육 장로님뿐인가? 이곳에서 귀주라…… 쉽지 않은 일이야.'

아무리 실력에 자신이 있어도 혼자의 힘으로 모든 것을 처리하는 것은 불가능한 일이다.

중원 전역을 돌아다니며 살아남은 천마성 무인들을 불러들이기엔 시간도 그럴만한 여유도 없었다.

그동안 조용하던 백도맹과 사황성이 급작스럽게 움직인 원인의 뒤에 분명 혈교가 있을 것이라 도현은 판단을 내리고 있었다.

특히 산공독 이야기를 듣는 순간 도현은 확신했다.

놈들이 움직이기 시작했다는 것을.

'탐욕스러우면서도 음흉한 놈들이 이대로 움직이지 않을 리가 없어. 본성이 사라진 지금 백도맹과 사황성은 본성이 가지고 있던 이권을 가지고 사이가 갈라질 대로 갈라진 상태. 언제가 되었건 놈들은 움직인다. 그 전에 충분한 대비를 해놔야지.'

번뜩!

도현의 눈을 스쳐 지나가는 깊은 살기.

너무나 빠른 순간 사라졌기에 누구도 눈치 채지 못했지만 도현은 천마성을 이렇게 만든 놈들을 결코 용서할 생각이 없었다.

"그보다 여기에 이러고 있어도 되는 거냐?"

한참 배를 채우고 나서야 묻는 그를 보며 도현은 웃으며 답했다.

"등잔 밑이 어두운 법입니다. 누구도 우리가 여기에 있다고 생각지 못할 겁니다."

지금 그들이 있는 곳은 구룡무관이었다.

정확히는 구룡무관 안에 속해 있는 산 속이었다.

천마성이 무너진 이후 구룡무관은 자연스럽게 폐관이 되었고, 지금은 누구도 살지 않는 곳이 되었다.

특히 이곳을 차지하기 위해 사황성과 백도맹이 치열하게 싸우는 중이었기에 더욱 그러했다.

어지간한 담력으론 사람이 없다는 것을 알면서도 담을 넘지 못하는 곳이 지금의 구룡무관이었다.

그렇기에 숨어 있기에는 최적의 장소였다.

누구도 찾는 않는데다 평소에도 사람들이 잘 드나들지 않았던 곳이기에 먹을 것이 풍부했다.

갑작스레 문을 닫았기 때문인지 구룡무관 안에는 버려진 식량들이 가득했기에 들키지 않고 옮긴다면 충분히 이곳에서 오랜 시간을 버틸 수 있을 것 같다는 것이 도현의 판단이었다.

도현의 강력한 주장으로 인해 이곳으로 왔지만 거력마웅은 연신 고개를 갸웃거린다.

하지만 결국 이곳에 온 것은 자신보다 도현의 머리가 더 뛰어나다는 것을 인정했기 때문이었다.

뿐만 아니라 자신으로선 가히 짐작 할 수 없을 만큼 대단한 실력을 뽐내며 돌아왔다. 소면마살을 단숨에 베어버리던 모습을 결코 잊을 수 없는 거력마웅이었다.

"당분간은 이곳을 거점 삼아 움직이게 될 겁니다."

"흠…… 숫자야 제법 된다만 놈들이 눈에 불을 밝히고 돌아다니는 마당에 뭘 할 수가 있겠나?"

멧돼지 다리뼈를 입에 물고 묻는 그에게 도현은 고개를 저었다.

"많은 것을 할 수 있습니다. 당장 중요한 것은 역시 지금과 정보력을 복구하는 것이겠죠."

"천하전장과 만금상단은 이미 백도맹과 사황성에 의해 해체가 됐다."

"겉으로 본다면 그렇겠죠."

"응?"

무슨 말이냐는 듯 고개를 갸웃거리던 그는 다시 입을 열려는 도현에게 손을 들어 입을 막았다.

"됐다! 어차피 들어도 이해 못할 것 같고, 장로인 내가 그동안 알지 못했던 것이 있다면 앞으로도 굳이 몰라도 된다는 뜻이겠지."

고개를 끄덕이는 그를 보며 도현은 웃지 않을 수 없었다.

이런 상황에선 누구든 사소한 것이라도 궁금해 하기 마련인데 반대로 그는 아예 생각하지 않는 방향으로 돌려버린 것이다.

그의 판단은 정확했다.

복잡한 이야기기 때문에 들어도 이해가 되지 않을 확률도 높은데다, 이 이야기는 장로들 중에서도 일, 이, 삼 장로만 알고 있던 사실이었다.

  모른다고 해서 해가 될 것이 없는 것이다.

  "어쨌거나 다시 일어설 기반을 만들 수 있다는 뜻이겠지?"

  "물론입니다. 이대로 무너질 천마성이 아닙니다."

  "음! 그렇지. 그렇고 말고! 좋아! 네게 전폭적으로 협력하마. 네 명령이라면 그것이 무엇이든 듣겠다!"

  거력마옹의 선언에 도현은 고개를 숙여 감사를 표했다.

  비록 자신이 소성주의 위치에 있다곤 하나 그것은 어디까지나 천마성이 건재했을 때 이야기.

  천마성이 무너진 지금은 거력마옹의 도움이 없다면 천마성을 다시 세우는 것에 큰 차질이 빚어질지도 모르는 일이었다.

  그렇기에 지금의 선언을 누구보다 반기는 것이 그였다.

  "반드시 천마성은 다시 일어설 겁니다."

  "그래, 널 믿는다!"

  ◑

  쾅-!

후두둑!

굉음과 함께 화려한 태사의가 단숨에 박살나며 사방으로 그 조각이 비산한다.

고오오!

폭발적으로 뿜어져 나오는 기운에 대전 안에 자리 잡은 이들의 고개가 깊이 숙여진다.

"지금…… 뭐라고 했지? 누가…… 죽어?"

"패, 패력사왕께서……."

덜덜덜.

소식을 전하러 왔던 무인은 쏟아지는 기운에 몸을 주체할 수 없이 떨었다.

"그게 지금 날 더러 믿으라는 말이냐!"

쿠쿵!

사황성주의 고함과 함께 건물 전체가 흔들릴 정도로 강력한 기세가 사방으로 퍼져나간다.

사황신권(邪皇神拳) 사독은 도저히 믿을 수 없었다.

패력사왕이 누구던가?

자신이 가장 믿을 수 있는 사람 중 하나로, 자신의 오른팔이자 칠왕의 일인이었다.

비록 말단이라곤 하지만 무려 칠왕이다.

적어도 같은 칠왕이 나섰거나 은거기인이 움직이지 않았다면 누구에게도 밀리지 않을 실력을 지니고 있는 것이다.

뿐만 아니라 상황판단을 정확하게 하는 그이기에 위험
에 처했다면 어떻게 해서든 위험을 피하고 봤을 터다.

그런데 그러지도 못하고 죽었다면 어지간한 실력으론
불가능한 일이었다.

"백도맹…… 놈들이냐!"

은은하게 퍼져나가는 살기에 보고를 위해 들어왔던 수
하는 재빨리 대답했다.

"아, 아닙니다! 백도맹에서도 거력마옹을 잡기 위해 소
면마살을 내보냈으나 그 역시 시신으로 발견이 되었습니
다! 이번 작전을 위해 투입된 인원 대다수가 죽었고, 살아
있는 이들도 중상을 입은지라 살아날 확률이 그리 높지 않
습니다."

"허, 허허."

소면마살이 동원되었다는 소리에 사독은 헛웃음을 지을
수밖에 없다.

소면마살은 전대의 고수로 은거한지 오래되었지만 충분
히 칠왕에 견줄 수 있는 실력을 지니고 있는 자다.

그런데도 이번 일을 실패했다는 것은 쉬이 믿을 수 없는
일이었다.

잠시 뒤 새로운 태사의가 옮겨져 오고 사독이 자리에 앉
고 나서야 다시 회의가 시작된다.

"다시 정리를 해보지. 그러니까 패력사왕과 소면마살이 죽고, 함께 간 수하들도 사실상 전멸이라는 말이지? 흉수의 정체에 대해선 알려진 것도 없이?"

"그, 그렇습니다. 거력마웅을 잡기 위해 철저한 준비를 하고 움직였던 만큼, 그가 아닌 다른 누군가의 개입이 있지 않고선 이런 일이 벌어지기란 불가능한 일입니다."

"저쪽의 내응은?"

"백도맹은 현재 많은 정보원을 사방에 뿌리고 있습니다. 하지만 제대로 된 정보를 얻은 것이 없는 것으로 알고 있습니다."

"우리도 마찬가지겠군."

사황성주의 말에 보고를 하던 무인은 고개를 숙인 채 답을 하지 못한다.

백도맹에 개방이란 걸출한 정보단체가 있듯 사황성에도 하오문이란 결코 개방에 뒤지지 않는 정보력을 가진 세력이 뒷받침 하고 있다.

그럼에도 백도맹에서 아무것도 알아내지 못했다는 것은 사황성이라고 해서 크게 다를 것이 없다는 것이다.

"의심되는 자들은 없나?"

"남겨진 흔적은 검에 의한 것이었습니다. 그렇기에 조심스럽게 거력마웅에게 살아남은 장로가 합류한 것은 아닌지를 의심하고 있습니다."

"검을 사용하는데다 그 둘을 처리 할 수 있을 정도의 실력자라면…… 월영마검인가?"

그 말과 함께 눈을 감는 사황성주.

같은 칠왕의 줄에 있었지만 천마성의 일, 이 장로였던 검마와 월영마검은 사실상 칠왕의 자리에 두기에 어려울 정도로 강했던 자들이었다.

오죽하면 그 두 사람이 힘을 합치면 권신이라 불리는 자신도 애를 먹을 정도였으니.

"다른 자들은?"

"아직 찾아내지 못했습니다. 곳곳에 흔적이 보이긴 하나 대부분이 위장이었고, 제대로 정체를 드러낸 곳은 이번이 처음이었습니다."

이어지는 수하들의 보고에도 그는 듣는 듯 마는 듯 적당히 고개를 끄덕일 뿐, 집중하지 않았다.

'패력사왕을 단숨에 베어 낼 수 있을 정도로 월영마검이 강했던가? 아니면…… 다른 누군가가 있는 것인가? 골치 아프군. 천마성 이놈들은 대체 얼마나 많은 고수를 데리고 있던 것이지?'

머리가 복잡해지는 사황성주.

천마성을 무너트렸음에도 불구하고 아직까지도 마음이 불편했다.

도대체 그 한계를 알 수 없을 정도로 곳곳에서 고수들이 나타나 천마성의 움직임을 돕고 있었다.

게다가 중원 곳곳에서 위장 세력들까지 움직이며 천마성의 핵심이라 할 수 있는 장로들을 잡을 수 없도록 하고 있었다.

겉으로는 천마성을 무너트리고 그들의 돈줄이던 천하전장과 만금상단을 사황성과 백도맹이 사이 좋게 나누어 먹은 것처럼 보이지만, 속을 보면 전혀 달랐다.

여전히 천마상의 잔당들이 중원 곳곳에 남아있는데다 천하전장과 만금상단은 핵심 인물들과 돈이 될만한 것들은 거의 대부분 감춰버린 뒤였던 것이다.

결국 그들이 가진 것은 천하전장과 만금상단이란 이름뿐 실속은 거의 없었다.

물론 그들이 가지고 있던 수많은 지점과 유통망을 이용한다면 많은 돈을 벌어들일 수 있겠지만, 이미 많은 자금이 사용된 뒤라 그것을 메울 수 있는 당장의 현금이 필요한 것이지 미래의 자금이 아니었다.

커다란 조직이니 만큼 들어가는 돈도 필요한 돈도 많이 필요한 것이 현실이었다.

지끈지끈.

아파오는 머리를 붙잡으며 결국 사황성주는 회의를 파해야 했고, 그것은 백도맹 역시 마찬가지였다.

오히려 그쪽은 사황성보다 상황이 나쁘다고 할 수 있었다.

큰 피해 없이 천마성이 넘어가버린 탓에 결국 선두에 섰던 제갈세가가 가장 큰 이득을 보았다.

자연스럽게 오대세가의 힘이 크게 늘어나는 결과를 가져왔고, 구파일방은 이를 무척이나 마음에 들어 하지 않았다.

결국 서로를 헐뜯고 감정싸움이 반복되다보니 이대로라면 백도맹은 더 이상 그 모습을 유지 할 수 없을 것 같았다.

"하하하! 이거 재미있군! 하하하하하!"

제갈강이 가져다 준 소식에 낙월은 크게 웃는다.

미친 듯 한참을 웃던 그가 겨우겨우 웃음을 멈추며 자리에 앉자 제갈강은 불편한 얼굴로 그에게 말했다.

"뭐가 그렇게 재미있지? 난 힘들어 죽겠는데?"

"후후, 권력을 손에 쥐고 싶다면 지금 힘든 것쯤이야 참을 만 하지 않아?"

"그러니 네 말을 듣고 있는 것이겠지. 어쨌든 이번 일로 인해 우리가 알지 못하는 새로운 천마성의 고수가 모습을 드러낸 것이 아닌지 의심하고 있는 상황이야. 월영마검의 능력이 뛰어나다곤 하지만 단숨에 소면마살과 패력사왕을 처리할 능력을 가지고 있다곤 생각지 않으니까."

"최악의 경우도 생각하고 있겠군."

그의 말에 제갈강은 굳은 얼굴로 답했다.

"맞아. 최악의 경우는 역시 패마가 다시 움직인다는 것이겠지. 그의 죽음을 눈으로 확인한 사람이 아무도 없으니까."

"심각한 내상을 입었다고 하지 않았나?"

"그렇다고 듣기는 했지만 무엇 하나 확실한 것은 없잖아. 워낙 말도 안 되는 이야기가 많이 벌어지는 곳이 무림이니까."

"모든 가능성을 열어 놓고 생각한다는 것이로군."

낙월의 말에 제갈강은 고개를 끄덕인다.

그의 말대로 이번 일로 인해 백도맹은 모든 가능성을 열어놓고 조사를 하고 있었다.

최악의 경우 패마가 복귀를 했다는 것 역시 마찬가지다.

물론 그럴 확률이 없다는 것은 누구보다 백도맹주가 잘 알고 있었지만, 만에 하나의 가능성을 무시 할 수는 없었다.

그만큼 이번 일은 충격적이었기 때문이다.

"그래서 백도맹의 대응은?"

"당분간은 모든 정보력을 동원해 이번 일의 흉수를 찾기로 했어. 대응하고 싶어도 상대의 정체를 알지 못하는 상태에선 어쩔 수 없는 일이니까. 동시에 천마성의 잔당을 찾는 일도 계속해서 진행할 생각이고."

"그다지 변한 것이 없군."

그 말에 제갈강은 쓰게 웃었다.

말은 거창하게 했지만 그 말 그대로 딱히 변한 것이 없었다.

구파일방과 오대세가를 중심으로 나뉜 백도맹은 그야말로 분열직전의 상태였다.

서로가 백도맹의 권력을 손에서 놓지 않으려는 데다, 더 강한 주도권을 쥐기 위해 움직이고 있으니 쉽게 풀리는 일이 없었다.

무엇을 하나 하기 위해선 간단한 것조차도 한 달을 넘겨야 할 정도로 백도맹의 내부는 상당히 곪아 있었다.

낙월 역시 그런 백도맹의 상황을 잘 알고 있었다.

매일매일 제갈강을 통해 소식을 듣고 있으니.

아무리 환혈마뇌고에 중독되어 시키는 대로 행동할 수밖에 없다곤 해도 너무 적극적으로 돕는다.

자신의 권력을 위해서라면 다른 것은 어떻게 되도 좋다는 것이 그의 성격이기 때문이었고, 그것은 낙월에게 그리고 혈교에게 큰 도움이 되고 있었다.

"이제 뭘 어떻게 해야 해?"

이젠 당당하게 앞으로의 계획을 물어오는 제갈강을 보며 낙월은 빙긋 웃었다.

환혈마뇌고의 영향으로 제갈강은 점점 낙월에 대한 의

존도가 높아져만 가고 있었다. 환혈마뇌고의 힘이라면 언제든 자신의 뜻대로 움직이게 만들 수 있지만, 거부감 없이 가장 좋은 것은 천천히 자신의 사람으로 만들어가는 것이다.

그것을 낙월은 꾸준히 지켜가고 있는 것이다.

"일단은 지켜봐. 그동안은 천마성의 눈치 때문이라도 분리할 수 없었지만, 이젠 눈치 볼 상대도 없어졌으니 조만간 어떻게든 갈라서게 될 거다."

"사황성은 어쩌고?"

"그것을 방지하기 위해 어느 정도 선은 연결시켜 놓겠지. 어떻게든 뒷말 안나오게 하는 것이 너희 정파의 특기 아니었던가?"

그 말에 제갈강은 마음에 들지 않는 듯 얼굴을 찡그리면서도 별말 하진 않았다.

사실이기 때문이다.

게다가 낙월의 말처럼 조만간 분리되게 될 것 같았다. 천하전장과 만금상단의 알짜배기를 건져내지 못하고 겉만 집어 삼키다보니 거기에서 오는 부작용도 심각했지만, 이런저런 이유로 더 이상 함께 가는 것이 불가능할 정도로 구파일방과 오대세가의 거리가 멀어진 것이다.

두 세력이 분리하게 된다면 자연스럽게 밑을 받치고 있던 중소문파들도 자신들의 영향력이 미치는 곳을 따라 갈

리게 될 것이다.

　정파 전체가 반으로 갈라지는 것이다.

　어차피 의사소통이 원활하게 이루어지고 있지 않은 지금이니 차라리 분리되는 것이 더 나을 수도 있는 일이다.

　"그렇게 분리가 되면 나중 본교가 모습을 드러낼 때도 일이 쉬워지겠지. 아무리 사이가 좋지 않아도 하나로 있는 것과 둘로 나뉘는 것에는 큰 차이가 있으니까."

　"흠…… 그런가? 뭐, 네가 시키는 대로만 하면 되겠지."

　아무래도 상관없다는 듯 자리에서 일어서는 그.

　"일도 끝난 것 같고 오랜만에 어때? 죽이는 곳을 찾았는데."

　제갈강의 눈에 서리는 음심(淫心)을 보니 아주 마음에 드는 기루를 찾은 모양이었다.

　낙월은 자리에서 일어서며 웃었다.

　"오랜만에 같이 움직여 볼까?"

　　　　　　　　　　◑

　"조심해서 다녀와라. 이곳은 우리가 지키고 있으마."

　"알겠습니다. 숨어만 계시고 절대 대응하시면 안 됩니다."

　"그 정도 생각은 나도 한다. 걱정말고 다녀와."

팔짱을 끼며 당당하게 대답하는 거력마웅을 뒤로 하고
도현은 구룡무관을 벗어났다.

어두운 밤을 틈타 은밀하고 빠르게 움직인 도현이 가장
먼저 들린 곳은 무한의 중심에 자리를 잡고 있던 만금상단
과 천하전장에 들리는 것이었다.

과연 이야기를 들은 대로 이미 그곳은 사황성과 백도맹
의 무인들이 자릴 잡고 있었다.

'흠……'

반대편 건물 지붕에 착 달라붙어 상황을 살피던 도현은
천천히 몸을 움직여 이번엔 뒷골목으로 향한다.

각종 오물들이 가득한 뒷골목.

천천히 움직이는 도현의 시선이 무엇을 찾는 듯 연신 움
직인다.

"찾았다."

작게 웃는 도현의 눈에 아이들이 장난이라도 쳐 놓은 듯
어지럽게 그려진 그림이 눈에 들어온다.

그림처럼 보이는 그것은 암호다.

비문이 섞여 있지 않은, 그림 그 자체가 현재 상황과 더
불어 숨어 있는 곳을 나타내는 곳이다.

"흠……."

그림을 자세히 살피는 도현.

커다란 집에서 쫓겨나 물에 둘러싸인 섬의 집으로 간다

는 대여섯 살 정도 되는 아이들이 그린 듯한 그림을 본 도현은 천천히 자리에서 일어섰다.

너무나 간단하고 직설적인 그림이기에 누구도 이것을 암호라 생각하지 못할 터다.

내용은 그림의 내용과 같았다.

백도맹과 사황성 무인들 때문에 쫓겨나 준비되어 있던 비처로 숨는다는 내용이었다.

물에 둘러싸인 섬에 지어진 집은 무한에서 멀지 않은 동호(東湖)라는 곳이 있는데, 그곳에 준비되어 있는 비처를 뜻하는 것이었다.

만에 하나 누군가가 이것을 보고 암호라는 것을 눈치 채더라도 동호가 아닌 동정호를 떠올릴 것이다.

무한에서 뱃길로 갈 수 있는데다, 워낙 넓은 곳이라 얼마든지 숨어 있을 수 있는 섬이 많기 때문이다.

그에 반해 동호는 크긴 하지만 배로 갈 수 없는 호수인데다 섬도 그리 많지 않기 때문에 쉬이 생각 할 수 없는 곳이다.

그런 사람들의 허점을 찔러 비처를 동호에 만든 것이다.

"일단은 동호인가."

도현의 시선이 동쪽으로 향하고 얼마 지나지 않아 유령처럼 그의 신형이 모습을 감춘다.

깊은 어둠이 내려앉은 동호.

동정호도 크지만 동호 역시 못지않게 크다.

오죽 컸으면 호수인데도 불구하고 파도가 칠 정도였다. 그런 동호에는 작은 섬들이 곳곳에 있는데, 대부분이 사람들이 살지 않는 무인도였지만 개 중에는 사람이 살고 있는 섬도 있었다.

푸드득!

밤하늘을 뚫고 새 한 마리가 사람이 살지 않는 무인도로 날아든다.

잠시 무인도의 상공에서 선회하던 새는 얼마 지나지 않아 빠른 속도로 하강했는데, 그 끝에는 어느 사이에 모습을 드러낸 사람이 있었다.

푸드득!

날개를 푸덕거리며 중년인의 팔위에 내려 앉는 새.

"수고 많았다."

칭찬과 함께 새에게 먹이를 준 그는 녀석의 발목에 묶여 있는 통에서 전서를 빼곤 다시 하늘로 새를 날린다.

"좋은 소식이 있어야 할 텐데……."

긴장 되는 듯 곧장 전서를 펼쳐 읽어 내려가는 중년인.

전서를 읽어가는 그의 눈이 점차 커지더니 재빨리 몸을 돌려 달려간다.

"이런 젠장!"

48

파바밧!

연신 이를 갈며 빠르게 달린 사내가 멈춰 선 곳은 산 정상쯤에 있는 거대한 바위 앞에서였다.

"나다, 열어라!"

바위 앞에서 작게 속삭이자 얼마 지나지 않아 작은 진동과 함께 눈앞의 거대한 바위가 움직이더니 커다란 입구를 드러낸다.

"당주(堂主)님은?"

"안에 계십니다."

"알겠다."

파바밧!

빠르게 동굴 안을 달리는 중년인.

동굴 안은 사람의 손길이 많이 닿은 듯 상당히 깨끗하고 넓게 만들어져 있었는데, 곳곳에 벽을 파고 자신만의 거처를 만들어 둔 것이 마치 개미굴을 연상시키는 모습이었다.

동굴의 가장 끝까지 향한 중년인의 눈앞에 이제까지 보였던 방들 중 가장 큰 방이 모습을 드러낸다.

"무슨 소식이라도 있나? 전 조장."

"긴급 연락입니다."

중후한 인상의 노인에게 고개를 숙이는 중년인.

백도맹과 사황성 무인들이 노인을 보았다면 눈에 불을 밝히고 그를 잡으려 할 것이었다.

만금상단의 주인으로 황금충(黃金蟲)이라 불리며 만금상단을 천하에서도 손에 꼽히는 상단으로 일으켜 세운 주인공이었다.

동시 천마성 외성의 만금상단을 책임지는 당주(堂主)이기도 했다.

현재 그는 만금상단의 재물 중 팔 할 이상을 지하로 숨겨둔 채 이곳으로 피신을 한 상태였다.

백도맹과 사황성이 만금상단의 각 지부를 점령하며 그곳에 있는 돈을 회수했다곤 하지만, 그것은 만금상단 전체의 자금을 생각하면 조족지혈에 불과할 뿐이었다.

어쨌든 그런 그가 이곳에 숨어 때를 기다리고 있는 것이다.

"흠……."

전 조장이 건넨 전서를 보곤 얼굴을 굳히는 그.

"당주님 어떻게 해야 하겠습니까?"

"음…… 칠 장로님껜 죄송스런 말이지만 우리는 움직이지 않는다. 비상 상황에선 어떤 일이 있어도 천마성을 재건할 자금을 지키는 것이 우리의 역할이다. 게다가 이 정보가 전해지기까지 얼마나 많은 시간이 걸린 것인지 알 수 없으니 움직인다 하더라도 늦었을 확률이 높다."

"허면 이대로 포기해야 한다는 것입니까?"

"그럴 수밖에."

당주의 말에 전 조장은 고개를 숙인다.

안타깝지만 당주의 말에서 틀린 것을 찾을 수 없기 때문이었다.

"전 조장. 자네가 칠 장로님이시라면 어떻게 하겠는가?"

"칠 장로님께선 화끈하시기로 유명하시지 않습니까. 게다가 수하를 아끼시니 스스로를 희생하시더라도 많은 수하들을 살리려고 하실 것입니다. 문제는 이 점이 너무 잘 알려져 있으니 저쪽에서도 철저히 준비를 해올 것이 분명합니다."

전 조장의 말에 당주는 고개를 끄덕이며 동의했다.

동시 전 조장을 보며 미소를 짓는 당주.

당주는 이미 나이를 많이 먹은 상태라 언젠가는 은퇴를 해야 했는데, 자신의 뒤를 이을 재목으로 전 조장을 눈여겨 보고 있었다.

정확한 판단을 할 뿐만 아니라 금전 감각도 대단하다.

만금상단을 지휘하기에 결코 부족한 실력이 아닌 것이다.

문제는 그것이 만금상단이 무사했을 때 이야기라는 것이다. 지금은 자금은 있지만 몸을 숨겨야 할 때라 아무것도 할 수가 없었다.

"어쨌든 지금은 기다려 보자구나. 이곳의 위치를 알고 있는 사람은 성주님을 비롯해 일, 이 장로님께서 알고 계

신다. 그리고…… 살아계신다면 소성주님께서도 아시겠
지."

"……."

침묵을 지키는 전 조장의 어깨는 당주는 두드려준다.

"수고했으니 나가보게. 곧 좋은 날이 오겠지."

"알겠습니다."

고개를 숙이며 사라지는 전 조장을 보며 웃던 당주의 얼
굴이 서서히 어두워진다.

"후우…… 어렵구나. 어려워."

고개를 흔드는 그.

돈을 다룬다는 것이 얼마나 어려운 일인지 그는 평생을
통해 익혔다. 평범한 상인에 불과하던 그가 천마성에 몸을
담은 것은 작은 인연 때문이었다.

그것이 자신의 목숨을 거는 일이 될 것이라곤 오래 전에
는 생각지도 못했다.

'성주님…… 대체 어떻게 해야 합니까.'

시간이 오래 흐르기 전에 어떻게 해서든 천마성을 복구
해야만 했다. 그렇지 않는다면 지금은 충성을 바치고 있는
수하들이 어떻게 변할지 몰랐다.

돈이라는 것은 그런 것이니까.

시간이 지나 천마성이 다시 일어설 가능성이 없어진다
면…… 그때는 그도 선택을 해야만 할 것이었다.

그런 일이 벌어지지 않길 그저 바라는 수밖에 없었다.

그렇게 고민을 하고 있을 때였다.

쿠웅—!

구구구!

굉음과 함께 동굴 전체에 엄청난 규모로 흔들리기 시작했고, 동굴 안에 있던 무인들이 소란스러워지기 시작했다.

"무슨 일이냐!"

"습격입니다!"

수하의 비명과도 같은 소리에 당주의 얼굴이 창백해진다.

"크흐흐, 이런 곳에서 돈줄을 발견하다니 역시 난 운이 좋단 말이지."

배 위에서 음흉한 웃음을 날리는 왜소한 사내.

그가 탄 거대한 배를 중심으로 엄청난 수의 배들이 집결해 있었는데, 동호에 존재하는 큰 배란 모조리 끌고 온 것 같은 모습이었다.

"당주님 준비가 끝났습니다."

"그래? 시작해!"

"옛!"

명령이 떨어지자 수하 중 하나가 노란 깃발을 흔들었고, 그와 함께 배 위로 함포가 모습을 드러낸다.

"싸!"

콰쾅! 쾅-!

굉음과 함께 섬 이곳저곳이 함포의 흔적을 남기기 시작했다.

"캬하하하! 역시 난 천재야! 이봐, 제대로 일은 처리했겠지?"

"물론입니다. 저것들을 관에서 빌려오기 위해 엄청난 돈을 쥐어준 만큼 뒤탈도 없을 겁니다. 헌데, 이만 한 돈을 써도 문제없겠습니까?"

걱정 된다는 수하의 물음에 사내는 비릿하게 웃는다.

"큭큭, 이곳에 있는 놈을 잡을 수만 있다면 그딴 돈은 푼돈이 되니 걱정마라. 나 귀혈겸(鬼血鎌)이야!"

귀혈겸의 외침에 수하는 고개를 끄덕이며 물러선다.

사황성 소속의 귀혈겸은 그야 말로 우연히 이곳을 알아내어 자신이 끌어 쓸 수 있는 모든 자금과 인원을 동원한 것이다.

쾅! 콰쾅!

귀가 아플 정도로 연신 함포가 불을 토하고, 그때마다 섬은 초토화가 되어 가고 있었다.

"이 정도면 슬슬 놈들도 나올 때가 되었겠지. 공격할 준비해!"

"명!"

귀혈겸의 명령이 떨어지고 얼마 지나지 않아 빌려온 포탄이 떨어진 것인지 더 이상 함포가 불을 내뿜지 않는다.

하지만 그것을 기다렸다는 듯 배들이 일제히 섬을 향해 움직이기 시작했다. 놈들을 놀라게 했으니 이젠 직접 잡을 차례인 것이다.

"캬하하하!"

귀혈겸의 광소가 동호에 울려 퍼진다.

쿠쿵! 쿵!

쿠구구구……!

지축을 뒤흔들던 포격이 끝난 듯 더 이상 아무런 소리가 들리지 않자 당주는 숙이고 있던 몸을 일으켰다.

후두둑.

떨어졌던 돌가루들이 떨어져 내리며 먼지가 작게 피어오른다.

"전 조장!"

"하명하십시오."

"적들의 숫자와 어디서 나온 놈들인지 당장 파악하게!"

"명!"

당주의 명령이 떨어지기 무섭게 전 조장은 몇몇 수하들과 함께 밖으로 나갔고, 당주는 재빨리 다른 조장을 불러들여 수하들을 정비하게 한 뒤 만반의 준비를 하도록 명했다.

'철저하게 비밀로 하고 있던 이곳이 발견되다니. 우리 중 누군가 배신자가 있다는 소리인데⋯⋯.'

으득!

이를 악무는 당주.

하부성이란 자신의 이름보다도 천마성 외당주로 불리는 것을 더 자랑스럽게 여겼을 정도로 그는 천마성에 대한 충성심이 강했다.

그렇기에 그의 수하들 역시 그를 따라 많은 이들이 천마성에 충성을 받치고 있었는데, 그들 중 누군가가 배신을 한 것이다.

그렇지 않고선 결코 이곳에 자신이 있다는 사실이 발각될 리 없었다.

사실 밖에서 공격을 하고 있는 귀혈겸은 정말 우연히 이곳을 발견한 것에 불과하지만 그 사실을 모르는 그로선 이 장소가 발견된 것에 대해 여러 가지로 의심을 할 수밖에 없다.

여러 가지 의심들 속에서도 역시 가장 확률이 높은 것이 내부의 배신자가 있다는 것이고.

'당장은 찾아낼 방법이 없다. 일단 이 자리를 살아서 벗어나는 것이 가장 우선이다.'

결심을 굳혀 갈 때쯤 하 당주의 곁으로 전 조장이 급히 달려와 보고했다.

"섬 주변으로 수십 척에 이르는 대형선들이 포위를 하고 있습니다. 정체를 알 수는 없었으나 엄청난 수의 무인들이 섬에 내리기 위해 준비를 하고 있습니다!"

"으음……! 동호에서 대형선이 그만큼 동원되려면 거의 대부분의 배가 동원되었다는 소리다. 게다가 아무리 밤중이라곤 하지만 함포를 사용했다는 것은…… 아무래도 사황성 무리일 확률이 높다. 점잔을 떠는 백도맹 놈들이라면 처음부터 공격을 해왔을 테니."

당주의 정확한 분석에 그의 앞에 자리한 조장들이 고개를 끄덕이며 동의했다.

"하지만 지금 중요한 것은 적들이 누구냐가 아니라, 우리가 어떻게 이곳에서 살아서 빠져 나갈 수 있느냐는 것이다. 놈들의 행동으로 보아 쉽게 이곳을 벗어 날 수는 없을 것이다."

"지금 제일 좋은 방법은 어떻게든 놈들의 포위를 뚫고 빠져나가 배를 탈취해 벗어나는 것입니다. 섬에서 육지까지의 거리가 제법 멀어 헤엄을 쳐서 건너가기는 무리가 따릅니다."

"그렇겠지. 후우…… 이럴 때 본성 무인들이 있었으면 좋았을 것을."

아쉬운 듯 한숨을 내쉬는 하 당주.

평소라면 언제든 그의 곁에 본성에서 내려온 무인들

1개 대가 자리를 잡고 있었겠지만, 지난 충돌에서 본성
무인들 모두가 동원되다 보니 지금 있는 것이라곤 상단
에서 보유하고 있던 무인들뿐이다.

아무래도 사람들과 어울리는 업을 주로 하는 이들이다
보니 마기를 풀풀 풍기는 마공을 쉽게 익힐 수 없었기에
본성 무인들과는 실력 차이가 제법 나는 편이었다.

그 점을 알기에 조장들의 얼굴에도 아쉬움이 가득하다.

"없는 것은 어쩔 수 없는 일이지 않습니까. 지금은 서희
가 하는 수밖에 없습니다."

전 조장이 모두들 다독이며 말하자 하 당주는 흐뭇한 미
소를 지으며 고개를 끄덕였다.

"그래! 지금은 우리가 하는 수밖에 없다. 어차피 이곳
에 숨어있는 다고해서 답이 나올 것은 아니다. 차라리 밖
으로 나가서 이곳을 어떻게든 탈출할 방법을 찾도록 하
자."

"명!"

지금으로선 다른 방법이 없다.

섬이라는 지역적 특성 때문에라도 이젠 숨어있기 보다
는 당당히 밖으로 나가 살길을 찾아야만 했다.

그렇게 모두가 각오를 다지며 동굴 밖으로 나가기 시작
했다.

쉬쉬쉭!

한 걸음에 삼장은 우스울 정도로 건너뛰며 엄청난 속도로 이동을 하는 도현.

이번엔 표류행(漂流行)이란 마공이다.

천마성에서 머릿속에 외워두었던 모든 마공을 거침없이 펼쳐낸다.

무황의 무공을 익히기 시작하며 도현의 몸은 진정한 위력을 발휘하기 시작했는데, 그 시작은 마의에 의해 개조된 신체였다.

덕분에 적어도 마공에 있어서라면 그것이 무엇이든 머릿속에 들어있기만 한다면 잠시간의 연습만으로도 능숙하게 펼칠 수 있게 되어버린 도현이었다.

지금도 마찬가지였다.

표류행은 적은 내공으로 먼 길을 움직일 때 적합한 경공으로 그 빠르기도 빠르기지만 적은 내공의 소모는 무척이나 매력적인 것이었다.

다만 문제가 있다면 분명 내공의 소모는 적으나 일반적인 육체의 능력을 뛰어넘는 각력(脚力)을 필요로 한다는 것이다.

물론 도현에겐 아무런 문제가 되지 않았기에 사용 할 수 있는 것이다.

누군가가 이 사실을 안다면 놀란 입을 다물지 못할 테다.

아무리 뛰어난 육체와 막대한 내공을 지니더라도 그리할 수 없는 일이기 때문이다.

이 모든 것이 도현이 이미 인간의 한계를 서서히 벗어던지고 있다는 증거였지만, 막상 도현 자신은 그런 것을 조금도 개의치 않고 있었다.

휘획!

주변의 시야가 빠르게 바뀌는 와중 도현의 눈에 서서히 동호의 모습이 들어오기 시작했다.

'이제야 동호인가? 이곳에서 섬까지는…… 응?'

스슥.

움직임을 급히 멈추며 숲 속으로 몸을 감추는 도현.

멀지 않은 곳에서 불을 잔뜩 밝힌 채 무수히 많은 수레들을 준비하고 있는 무리들이 보였다.

곳곳에 휘날리는 사황성의 깃발들.

'사황성? 설마 들킨 건가?'

저 많은 수레와 사황성 무인들.

이곳에서 멀지 않은 비처까지 단 숨에 연결되자 도현은 다시 몸을 날렸다.

시간이 많지 않았다.

촤촤촤!

거침없이 물 위를 내달리는 도현!

누군가가 보았다면 수상비(水上飛)라 외치며 놀라할지
도 모르지만 도현에겐 너무나 자연스러운 일이었다.

사실 내공이 충만한 이들이라면 누구든 수상비를 펼칠
수는 있지만 지금의 도현처럼 장거리를 달려가는 것은 쉽
게 할 수 없는 일이었다.

물보라를 일으키며 한참을 달리던 도현의 눈에 마침내
대규모의 선박들이 보이기 시작했다.

불이 환하게 밝혀진 배들을 보던 도현의 시선이 섬으로
향한다. 섬 전체에도 불이 곳곳에 밝혀져 있고 많은 무인
들이 섬에 상륙해 있었다.

그들이 움직이는 방향은 섬의 중심에 있는 산으로 향하
고 있었다.

'저곳인가.'

한층 더 빠르게 움직인다.

파바밧!

누구의 신경도 쓰지 않고 오직 빠르게 움직이는데 집중
한 도현이기에 그를 뒤늦게 발견한 무인들이 너도나도 비
상 호각을 불기 시작하는 바람에 섬 전체가 시끄러워지기
시작했지만, 그들이 호각을 불었을 땐 이미 도현은 섬에
완벽하게 상륙한 뒤였다.

"적이다!"

"찾아라!"

여기저기 소란스러워질 때 도현은 이미 산 정상을 향해 달려가고 있었다.

"쳐라!"

"죽여!"

"막아라!"

"어떻게든 길을 뚫어야 한다!"

비명소리와 여러 가지 소리들이 섞여서 소란스럽지만 그 중심은 한 곳이었다.

근 백에 이르는 이들이 산의 절벽을 등 진채 반원을 그리며 버티고 있고, 그 주변을 섬에 오른 이들이 둘러싼 채 연신 공격을 쏟아 붇고 있었다.

적군과 아군이 완벽하게 구분이 되는 상황.

도현은 주저 없이 전장을 향해 뛰어들었다.

"핫!"

기합과 함께 내공을 가득 실은 그의 주먹이 지면을 강하게 내려친다!

콰앙-!

굉음과 함께 피어오르는 먼지.

갑작스런 상황에 싸움을 멈추고 양측 모두 뒤로 물러선다.

피어오른 먼지가 서서히 가라앉으며 도현의 모습이 드러나고 어느새 바닥에 굴러다니던 검을 쥔 도현의 팔이 매섭게 움직인다.

카카칵!

반원을 그리며 지면에 깊은 선을 긋는 도현.

"넘어오면…… 죽인다."

쿠구구.

짙은 마기와 살기가 사방을 휘어잡는다.

순간 얼어붙는 사황성 무인들을 뒤로 하고 도현은 몸을 돌려 천마성 무인들을 바라보았다.

"책임자가 누구지?"

압도적인 존재감을 자랑하는 도현의 물음에 누구도 대답하지 못하고 있을 때 뒤에서부터 다급히 하 당주가 앞으로 달려와 도현의 얼굴을 살핀다.

잠시 뒤.

"만금당주가 소성주님을 뵙습니다!"

처척!

무릎을 꿇으며 감격에 가득 찬 얼굴로 외치는 하 당주.

그의 뒤를 따라 무너지듯 무릎을 꿇으며 천마성 무인들이 일제히 외친다.

"소성주님을 뵙습니다!"

다른 사람도 아닌 하 당주가 인정을 했으니 그의 눈이

틀리지 않았을 터다. 그렇기에 그들은 일제히 고개를 숙일 수 있었고, 또한 도현이 살아있다는 것에 흥분할 수 있었다.

소성주가 살아있다는 것은 천마성의 부활을 꿈꿀 수 있다는 것이기에.

"그동안 수고가 많았다. 지금부턴…… 내가 맡지."

휙!

그 말과 함께 등을 돌리는 도현.

도현의 등을 보며 하 당주는 깊이 고개 숙였다.

"명을 따릅니다!"

"이건 또 뭐야?"

얼굴을 가득 찡그린 채 마음에 들지 않는다는 표정이 역력한 귀혈겸이 앞으로 나선다.

갑작스런 상황에 당황했던 사황성 무인들은 귀혈겸의 등장과 함께 정신을 차린 것인지 분분히 기세를 피워 올린다.

"넌 누구냐?"

앞으로 나서며 묻는 귀혈겸.

방금 천마성의 무리들이 소성주라 부르는 것을 들었지만 쉽게 믿을 수 있는 일이 아니었다.

천마성의 소성주의 죽음으로 인해 천마성이 무너졌다는

것은 너무나 잘 알려진 사실이기 때문이다.

그러는 사이 앞으로 나선 도현은 천천히 허리를 숙여 버려진 검을 손에 쥐었다.

휙휙-.

가볍게 휘둘러보는 검.

그리 좋은 검이 아닌지라 무게 중심도 어긋나 있고, 재질도 좋아 보이지 않았지만 도현에겐 관계없는 이야기였다.

"후우!"

깊게 숨을 내쉬며 귀혈겸을 바라보는 도현의 몸에서 어느새 선명하게 검은 마기가 흐르기 시작한다.

"길게 말 할 것은 없고…… 오늘 누구도 살아서 돌아가지 못 할 거다."

도현의 몸에서 막대한 마기와 살기가 뒤섞여 사방으로 퍼져나간다.

휘릭.

손에 든 검이 기묘한 각도로 꺾이며 움직이며 너무나 가볍게 또 한 명의 목을 베어낸다.

푸쉭-!

바람 빠지는 소리와 비슷한 소리가 들리더니 뜨거운 피가 하늘로 솟아오른다.

혈우(血雨).

뜨거운 혈우가 섬 전체에 내리고 있었다.

"아악!"

"사, 살려줘!"

연신 들려오는 비명소리.

떨리는 몸을 주체하지 못해 주저앉는 이들이 태반이다.

콰직!

기괴한 소리와 함께 손에 든 검이 부러지자 도현은 무표정한 얼굴로 바닥에 널린 검을 발로 차올려 잡더니 다시 검을 휘두르기 시작했다.

서걱!

손끝으로 느껴지는 살인의 느낌은 이제 무덤덤하게 느껴질 뿐 도현의 눈은 쉬지 않고 다음 상대를 찾는다.

그가 등장하고 겨우 일각이 지났을 뿐인데 도현의 손에 죽은 이들의 숫자가 무려 일백을 넘어가고 있었다.

으득!

"함포에 남은 탄약은?"

이를 악물며 귀혈겸이 묻자 수하는 절망적인 얼굴로 고개를 흔든다.

"어, 없습니다. 이곳에 오기 전에 전부 쓰지 않았습니까!"

"젠장! 괴물 같은 놈……!"

그리고 보니 귀혈겸의 왼팔이 보이지 않는다.

도현이 움직임과 동시 덤벼들었다가 단 한 수에 왼팔을 잃어버린 것이다.

목숨을 건진 것이 다행일 정도였다.

물론 자신이 살기 위해 찰나의 순간 옆에 있던 수하를 자신 대신 죽게 만들어 버렸지만, 그에 대한 죄책감은 조금도 없는 것이 귀혈겸이었다.

웅웅-!

그때였다.

귀가 아플 정도의 공명음이 울려 퍼지더니 도현의 검에서 검은 강기가 일장을 넘는 길이로 만들어진다!

"피, 피해라!"

귀혈겸의 목소리가 크게 울리는 것과 동시 도현의 검이 무심하게 휘둘러진다.

즈컥.

콰르르릉! 쾅-!

굉음과 함께 피어오르는 먼지.

피어오른 먼지가 순식간에 사라진다.

사방을 뒤덮는 혈우 때문이다.

단 일격에 벌어진 참사에 누구도 입을 열지 않았다. 사람이 강하다 하지만 거기엔 한계가 있는 법이다.

하지만 눈앞에서 벌어진 일은 그 한계를 월등히 뛰어넘고 있음이니 어찌 놀라지 않을 수 있겠는가.

아군인 천마성 무인들의 가슴은 뜨거움으로 가득 차 올랐으며, 적군인 사황성 무인들은 차가운 공포가 온 몸을 지배했다.

그리고 깨달았다.

누구도 이곳에서 살아 돌아 갈 수 없을 것이란 그의 말이 진심이라는 것을.

"으으…… 사, 살려줘!"

"난 이곳에서 죽고 싶지 않아!"

후다닥!

일제히 도망을 치기 시작하는 사황성 무인들.

그들의 가장 선두에는 귀혈겸이 있었다.

"흠…… 도망쳐도 소용없을 것을."

이미 도현은 이곳에 온 모두를 죽이려고 마음먹은 상황이었다.

그럴만한 능력이 충분히 있는데다, 천마성의 자금줄이 남아 있음을 눈치 챈 이들을 살려 보낼 수 없었다.

완전히 감출 수는 없겠지만 알려지는 것을 최대한 미루어야 했기에, 전부 없애려는 것이다.

유구무언(有口無言)이라 했다.

입을 다물게 하는데 이보다 좋은 방법이 없는 것이다.

우우웅―.

내공을 끌어올리자 도현의 몸 주변으로 마기가 폭발적으로 증강하기 시작했고, 막대한 기운이 흐르기 시작한다.

찌잉.

작은 떨림과 함께 바닥에 떨어져 있던 무기들이 서서히 하늘로 떠오른다.

검, 도, 창…… 가릴 것 없이 모든 것들이 떠오르기 시작했다.

수백의 무기들이 허공으로 떠오르는 모습은 장관이기도 했지만 동시 무시무시한 광경이지 않을 수 없다.

윙 윙 윙.

기묘한 소리를 내며 떠오른 무기들이 공명을 하기 시작한다.

엄청난 내공을 쏟아 붇고 있음에도 도현의 얼굴엔 땀방울하나 흐르지 않는다.

저 멀리 선두에 선자들이 배가 있는 곳까지 도달했을 때 도현의 손이 그들을 향했다.

동시.

파파팡! 팡!

공기를 때리는 요란한 소리와 함께 무기들이 일제히 날아가기 시작했다!

쐐애액!

날카로운 소리를 내며 날아가는 무기들!

장관과도 같은 모습에 벌어지는 입을 다물지 못하는 천마성 무인들!

반대로 날아드는 무기를 보는 사황성 무인들의 얼굴은 창백하다.

엄청난 속도로 날아드는 그것에 비명을 지르지만 무기들은 날카롭게 그들을 꿰뚫는다!

퍼퍽! 퍽!

"크아악!"

"아악!"

귀가 아플 정도의 비명소리가 울려 퍼지고 잘려나간 사람의 신체가 사방에 흩어진다.

섬에 다시 한 번 혈우가 내린다.

한번 살아 움직이기 시작한 무기들은 끊임없이 사방을 휘저으며 적들이 완전히 침묵 할 때까지 움직인다.

막대한 내공의 소모에도 도현은 개의치 않고 계속해서 무기들을 움직였고, 얼마 지나지 않아 더 이상 주변에 살아있는 이들이 없음을 확인하자 이번엔 남아 있는 배들로 시선을 돌린다.

쐐액-!

콰쾅! 쾅-!

굉음과 함께 침몰하는 배들!

수하들이 타고 이동할 배 두 척을 제외하곤 모조리 박살 내버린 도현은 섬 주변으로 기감을 펼치기 시작했다.

누구도 살려 보내지 않는다.

자신의 말을 이행하기 위함이다.

"무사히 다시 뵙게 되어 다행입니다."

오체투지하며 진심으로 반가운 표정을 짓는 하 당주를 보며 도현은 고개를 끄덕였다.

"살아남은 인원은 몇이나 되지?"

"현재 남은 인원은 저를 포함해 132명입니다!"

하 당주의 정확한 보고에 도현은 그의 뒤로 오체투지하고 있는 이들을 보며 말했다.

"그대들에게 묻지. 날 따르겠나?"

"목숨을 받치겠나이다!"

"목숨을 받치겠습니다!"

하 당주의 외침과 함께 수하들이 일제히 머리를 땅에 부딪치며 크게 소리 지른다.

천마성이 멀쩡할 때도 도현으로 인해 천마성이 더욱 발전할 것이라 생각했던 그들이기에, 도현과 함께라면 천마성을 다시 세우는 것쯤은 어렵지 않을 것이라 판단했다.

그만큼 그들이 도현에게 거는 기대는 대단한 것이었다.

"좋아, 하 당주 그대를 지금 이 순간부터 외성을 총괄하는 외총관에 임명한다. 만금상단에서 가지고 나온 재화는 충분하겠지?"

"예! 만금상단의 이름으로 그동안 벌어들인 돈의 8할이 잠들어 있습니다. 명령만 내리신다면 전부 동원하도록 하겠습니다!"

그 말에 고개를 끄덕인 도현은 아직도 뒤편에 있는 수하들을 향해 명령했다.

"그대들은 즉시 이곳을 떠날 채비를 서둘러라. 두 척의 배를 남겨놓았으니 이동하는 것에 문제는 없을 것이다."

"존명!"

명령이 떨어지자 일사분란하게 움직이는 수하들을 뒤로하고 도현은 하 당주. 아니 이젠 하 외총관을 데리고 섬에서 가장 높은 곳으로 향했다.

"천하전장의 마 당주는 어찌되었는지 알고 있나?"

"죄송합니다. 저도 몸을 빼기에 바빴던 탓에 알지 못하고 있습니다. 하지만 비상시에 해야 할 일에 대해선 그도 잘 알고 있으니 대부분의 재산과 함께 몸을 감추었을 것입니다."

"아쉽군. 그대가 밖으로 나가서 가장 먼저 해야 하는 것은 다시 상단을 만드는 것이다. 천마성을 운영하기 위해선 막대한 자금을 필요로 한다는 것을 그대도 잘 알고 있겠지?"

"이미 마음의 준비를 하고 있습니다. 허나, 제 얼굴이 제법 알려져 버린 탓에 괜찮을지 모르겠습니다."

거대한 상단을 운영하기 위해 이런저런 사람들을 자주 만났던 그이기에 얼굴이 꽤 잘 알려져 있었다.

이런 상황에서 다시 상단을 일으킨다는 것은 상당한 위험이 따르는 일이지 않을 수 없다.

"만금상단의 규모를 여섯 달 안에 되찾도록."

"외, 외람된 말씀이오나 불가능한 일입니다. 처음부터 시작을 해야 하는 데……."

"처음부터 다시 시작할 필요는 없다."

"예? 허나, 상단이라는 것이 자금만 있다고 해서 되는 것이 아니지 않습니까. 막대한 자금이 있으니 최대한 빠른 시간 안에 규모를 키울 수는 있겠으나……."

고개를 갸웃거리는 그를 보며 도현은 그동안 꽁꽁 숨겨 왔던 비밀을 털어 놓았다.

물론 그 전에 두 사람 주변으로 기막을 펼치는 것도 잊지 않았다.

"금화상단이라 들어봤는가?"

"금화상단이라 하심은 천하삼대상단에는 들지 못했지만 천하십대상단으로 폭을 넓히면 충분히 들어간다는 곳이 아닙니까? 그곳은 갑자기 왜……?"

고개를 갸웃거리면서도 금화상단에 대해 아는 것을 이

야기하는 그를 보며 도현은 빙긋 웃으며 이야기했다.

"금화상단은 본성이 만약을 위해 준비를 해놓은 곳이지. 금화상단주의 정체가 알려져 있지 않은 이유는 이럴 때를 위한 것도 있음이지."

"아! 그러고 보니 금화상단주의 정체를 누구도 알지 못한다고……! 이런 이유가 있었군요!"

깜짝 놀라는 그.

만금상단을 총괄했던 그도 몰랐던 새로운 상단이 있었다는 사실에 한 번 놀라고, 그것이 금화상단이라는 것에 다시 놀랐다.

금화상단은 그동안 만금상단과 적지 않은 마찰을 일으켰던 것이다.

상업을 하면서 다른 상단과 충돌이 없을 수는 없지만 유독 금화상단과의 충돌이 심했는데, 이런저런 이유로 금화상단의 선이 사황성이나 백도맹으로 이어져 있을 것이라 추측했던 그였다.

그랬는데 천마성의 것이었다니.

큰 충격이었다.

자신이 충격을 먹을 정도이니, 누구도 이 사실을 모르고 있을 터였다.

"아주 비밀스러운 이야기지. 자넨 지금부터 금화상단의 책임자가 되어 모든 것을 지휘해야 할 것이네."

"명을 받듭니다!"

고개를 숙이는 하 외총관을 보며 도현은 그제야 굳은 표정이 조금 풀린다.

천마성을 세우는데 가장 필요한 것 중 하나인 자금에 대한 문제를 해결했으니, 이제 남은 것은 천하에 숨어 있는 마인들을 다시 밖으로 끄집어내는 일 뿐이었다.

'그 전에 사부님을 찾아야 할 텐데…… 걱정이로군.'

도현의 시선이 하늘을 향한다.

天魔尘上

3章.

3 章.

"그…… 래……."

떨리는 목소리로 대답하는 노인.

자리에 누워 제대로 움직이지도 못하는 상태의 노인의
눈에서 눈물이 흘러내린다.

다급히 옆에 있던 중년인이 깨끗한 수건으로 눈물을 닦
는다.

"당장이라도 소성주님을 모셔야 하지 않겠습니까? 백도
맹과 사황성 놈들이 불을 밝히고 있는 상황에선 제 아무리
소성주님이라 하더라도 혼자서는 어려울 것입니다."

차갑지만 정확한 판단으로 노인의 앞에 무릎을 꿇은 채
이야기를 하는 중년인.

"이 장로님의 뜻은 알겠으나, 지금 우리도 그리 형편이 좋은 것이 아니지 않습니까."

쓰게 웃으며 노인의 눈물을 닦았던 천을 내려놓으며 마선의가 말하자 무릎을 꿇고 있던 중년인 이 장로 월영마검이 고개를 저었다.

"그렇다고 소성주님을 이대로 내버려 둘 수 있는 것도 아니지 않나. 본성을 다시 세우기 위해서라도 그분의 존재는 반드시 필요한 것이네."

"그거야 그렇기는 한데 소성주님이 언제 우리를 실망시킨 적이 있습니까? 벌써 뜻을 세우고 움직이고 있을 겁니다. 그러는 와중에 우리가 잘못 움직이면 자칫 계획하고 있는 일을 망칠 수도 있다는 말이지요."

마선의의 말에 월영마검은 고개를 끄덕이며 그의 말을 인정했다.

확실히 생각해보면 그동안 도현은 언제나 자신들보다 한 발 앞서가고 있었고, 이번 역시 그럴 것이 분명했다.

괜히 자신들이 움직여 그의 계획을 방해할 필요는 없는 것이다.

"괜…… 찮…… 을 것이…… 다. 믿…… 어…… 라."

힘들게 숨을 내쉬며 말을 잊는 노인.

얼굴을 알아보기 어려울 정도로 늙었지만 그는 패마였다. 막대한 내상으로 인해 내공이 흩어지며 젊은 모습을 유지하지 못하고 이렇게 늙어버린 것이다.

그런 패마의 모습을 볼 때마다 월영마검과 마선의의 마음은 무척이나 아팠다.

언제나 당당했던 그가 어쩌다가 이렇게 되었는가.

이 모든 것이 백도맹과 사황성 때문이었다.

놈들의 배신이 아니었다면 결코 이런 상황에 몰리는 일은 없었을 것이다.

탁!

"역시 정리 할 수 있을 때 정리를 해버리는 거였습니다. 후우…… 이제와 후회를 한 들 무얼 하겠습니까만."

아쉬운 듯 자신의 무릎을 치며 마선의가 말하자 월영마검은 쓰게 웃었다.

이미 일은 벌어진 뒤이고, 수습하기에도 늦은 상황이다.

지금으로선 도현을 기다리는 일 이외엔 아무것도 할 수 없는 자신들로선 이런 말을 하는 것도 참 우스운 일이다.

이번 일로 인해 패마는 지금의 모습과 같이 돌이킬 수 없는 상처를 입었고, 천년을 이어 갈 것 같던 천마성은 무너졌다.

패마의 압도적인 강함이 있었기에 천마성은 존재 할 수 있었던 것임을 월영마검은 잘 알고 있었다.

또한 자신은 다시 천마성을 세울 수 있는 그릇이 아님도 잘 알고 있다.

'하지만 소성주라면…… 도현이라면 가능하다. 녀석이
야 말로 진정 천하마종(天下魔宗)을 하나로 이을 수 있는
자! 그가 희망이고, 그가 마도(魔道)의 하늘이 될 것이다!'

월영마검은 도현의 모습을 그리며 마음속 깊이 믿는다.

도현이 살아있다는 소식에 누구보다 기뻐했던 것이 바
로 그였다.

검마가 죽은 지금 천마성 이 인자, 아니 패마가 무공을
더 이상 사용 할 수 없으니 사실상 일인자라 불러야 될 그
가 도현의 귀환을 누구보다 반기는 이유이다.

"우선 우리가 이곳에서 할 수 있는 일부터 정리하는 것
이 좋을 듯싶습니다. 운이 좋아 천하전장을 관리하던 마
당주를 만나 자금 걱정 없이 몸을 숨길 수 있었습니다. 뿔
뿔이 흩어진 다른 장로들은 그러지 못했을 것이니 그들을
암중에 규합하는 것이 먼저일 것 같습니다."

이 장로가 자리에 누운 패마를 향해 말하자 패마는 힘겹
게 고개를 돌려 월영마검을 보며 말했다.

"자…… 네의 뜻…… 대로 하게. 녀…… 석이 돌…… 아
오기.. 전엔…… 자네……가 전…… 권을 행…… 사하게."

"존명!"

힘겹게 말하는 패마를 향해 월영마검은 깊이 고개를 숙
인다.

강자존의 법칙이 존재하는 천마성이라 하지만 패마와

장로들 간에는 그것을 뛰어넘는 무엇인가를 가지고 있었다.

그렇기에 그는 더 이상 천마성주로서의 위엄을 보이지 못하는 패마에게 고개를 숙일 수 있었다.

"성주님을 부탁하네."

"그게 제 일 아니겠습니까. 걱정 마십시오."

고개를 숙이며 웃는 마선의를 보며 월영마검 역시 마주 웃었다.

그리곤 곧장 자리에서 일어나 방을 빠져 나간다.

"현재 집결한 인원은?"

방문을 나서며 말을 하자 어느 순간 그의 뒤로 신형 하나가 모습을 드러내며 뒤를 쫓는다.

"지옥수라대(地獄修羅隊) 전체 인원 중 8할이 복귀했으나 나머지는 복귀가 어려울 것 같습니다. 또한 그 외에도 이백 여명 정도가 집결을 마쳤습니다."

"더 이상은 없나?"

"예. 만약을 대비해 집결지에 사람을 보내놓았으나 사실상 이곳으로 올 인원은 끝이라 봐야 할 것 같습니다."

"다른 장로들의 소식은?"

"칠 장로님의 소식이 잠시 들어왔으나 그 이외엔 없습니다. 아무래도 소성주님께서 칠 장로님과 합류한 것이 아닌가 싶습니다."

수하의 보고에 발걸음을 멈춘 그가 뒤돌아본다.

"칠 장로와? 근거는?"

"칠 장로님을 잡기 위해 소면마살과 패력사왕이 움직였습니다. 하지만 반대로 그들이 죽임을 당하고 칠 장로님의 행방이 묘연합니다. 이런 시기에 그만한 실력을 보이며 움직일 수 있는 분은 소성주님 밖에 안계시다는 것이 저희의 판단입니다."

수하의 보고에 월영마검이 고개를 끄덕이며 다시 발걸음을 옮긴다.

확실히 소면마살과 패력사왕 두 사람이 동시에 움직였다면 칠 장로의 힘만으로는 그들을 물리치는 것이 불가능했다.

"어떻게 된 일인지 모르겠지만 확실한 것은 소성주가 이전보다 훨씬 더 강해져서 돌아왔다는 것이로군."

"그렇게 판단됩니다."

겉으로 표시는 하지 않지만 월영마검의 속은 흐뭇함으로 가득 들어차 있었다.

정확한 상황을 알 수는 없지만 그 두 사람을 물리쳤다는 것은 도현의 실력이 이미 보통이 아니라는 것을 의미하는 것이었으니까.

앞으로 다시 천마성을 일으켜 세우는 데에 도현의 실력은 아주 중요하다. 그런 의미에서 본다면 무척이나 흡족한 소식이지 않을 수 없다.

"칠 장로와 접촉 할 수 있도록 계속해서 찾아봐. 다른 장로들 역시 계속해서 찾아보고."

"명!"

스스슥.

나타났을 때와 같이 조용히 사라지는 수하.

화려한 건물 밖으로 나가며 차갑던 그의 얼굴이 활짝 피더니 웃음 가득한 얼굴로 바뀐다.

"오늘도 즐거운 하루 되십시오, 장주님!"

"하하, 고맙습니다. 좋은 하루 되십시오."

문 밖을 나서자마자 이곳저곳에서 들려오는 인사를 일일이 받으며 그는 연신 발걸음을 옮긴다.

"역시 녹원장주님이셔. 매번 저리 웃으시며 인사를 받으시다니. 다른 분들은 안 그렇잖아?"

"북경의 수많은 장원들 중에서도 손에 꼽히는 곳이 녹원장이 아닌가. 그런 곳의 장주님이시니 당연한 일 아니겠나."

"예끼! 다른 장주들과는 차원이 다른 인품을 지니신 분이시네!"

"하긴 그렇긴 하지!"

사라지는 이 장로의 뒤를 보며 사람들이 웃으며 이야기한다.

그랬다.

지금 이 장로들이 몸을 감추고 있는 이곳은 북경이었다.

자금성이 존재하는 그곳에 몸을 감추고 있는 것이다.

황실과 자연적으로 거리가 멀어진 무림이기에 황도인 이곳을 찾는 무림인은 지극히 적었기에 조용히 몸을 감추기엔 더없이 적합한 곳이었다.

쾅!

굉음과 함께 사황성주의 화려한 태사의가 산산조각난다.

분노로 가득한 사황성주를 보며 더욱 고개를 숙이는 무인들.

"대체…… 대체 이게 무슨 일이냔 말이다!"

우르르릉!

대전이 뒤흔들 정도로 감정을 다스리지 못하고 소리를 치는 그.

"당주라는 놈이 성의 자금을 빼돌려 군부와 결탁하질 않나, 지부 무인들을 모조리 데리고 가다니! 이게 지금 있을 수 있는 일이라 생각하는가!"

사황성주의 외침에도 누구하나 대답하지 못했다.

결코 있어선 안되는 일이 벌어졌기 때문이다.

당주에 불과한 귀혈겸이 성의 자금을 무단으로 빼돌려 군부와 결탁하여 수많은 함포를 빌려 사용했다.

여기까진 어떻게든 돈으로 무마 할 수 있지만 문제는 수많은 수하들을 잃은 것이다.

보고도 하지 않은 채로 당주가 월권행위를 해버린 셈이다.

그에 사황성주는 크게 분노하고 있는 것이고.

하지만 정작 화를 내고 있는 그도 알고 있었다.

이런 문제가 사황성 내부에서 비일비재하다는 것을.

수많은 문파들이 모여서 만들어진 곳이다 보니 아무래도 이런 저런 문제들을 가득 안고 있는 것이 사황성이었다.

사황성주인 사독의 입장에선 어떻게든 제대로 된 문파를 만들고 싶지만, 워낙 이기적인 사파인들 사이에서 제대로 일이 돌아갈 리 없다.

그나마 지금까지 사황성이 버티고 있는 것도 오직 권신(拳神)이라 불리는 그의 힘 때문이었다.

으드득!

이를 악물며 사독이 고개를 숙이고 있는 수하들에게 외쳤다.

"군관의 입을 다물게 하는데 얼마나 들 것 같지?"

"······아직 확실치는 않으나······ 워낙 사안이 큰 지라······."

제대로 대답하지 못하는 총관을 보며 사독은 끓어오르는 분노를 이를 갈며 삼켜야 했다.

"찾아."

"예?"

"찾으란 말이다! 이번 일을 이렇게 만든 그놈을! 그렇지 않아도 마룡(魔龍)이 다시 나타났다는 소문이 도는 이 상황에서 놈들을 돕는 또 다른 무리가 있다면 천마성이 다시 부활하는 것은 시간문제가 아니냐! 진정으로 놈들이 무너진 것이라 생각하는 놈이 있는 것은 아니겠지?!"

살기담은 눈으로 보는 사독의 시선을 피하는 수하들.

그들 역시 사독의 말이 무엇을 뜻하는 것인지 잘 알고 있지만, 천마성의 본성이 무너지자 그런 마음이 흐트러진 것은 어쩔 수 없는 사실이었다.

본거지가 무너지고 그것을 다시 세운다는 것이 얼마나 어려운 일인지 다들 잘 알고 있었으니.

그런 수하들을 보며 결국 사독은 자리를 박차고 일어나 대전을 벗어나 버린다.

"멍청한 놈들!"

쾅!

집무실로 돌아온 사독은 독한 술을 단숨에 목으로 넘기며 책상을 내려친다.

"상황이 어떤지도 모르는 놈들 같으니라고!"

욱씬!

패마에게 잃어버린 왼쪽 눈의 상처가 쑤셔온다.

그날의 일을 결코 잊을 수 없는 사독이었다.

실력의 차이가 있을 것이라 인정을 하고 움직였음에도 불구하고 그를 잡을 수 없었다.

심지어 산공독을 이용하고서도.

그날 패마가 보여준 것은 절대 잊을 수 없는 종류의 것이었다.

무(武)의 끝자락을 본 것 같기도 하면서 동시에 절망적인 자괴감이 함께 덮친다.

오늘 같은 날이면 대체 무엇을 위해 자신이 사황성을 세운 것인지 알 수 없을 정도로 답답해지는 그였다.

"사황성을 세울 때까지만 해도 이렇지는 않았건만."

쓰게 웃는 사독.

당시 사황성을 세울 때에는 무엇이든 내주려고 했던 사파의 문파들이 이제는 그의 뜻에 조금씩 반대의 목소리를 내고 있었다.

반대 자체가 나쁜 것은 아니지만, 문제는 중요한 상황에서까지 움직이려 들지 않는다는 것이었다.

작은 피해를 감수하고서도 움직여야 하는데, 그 작은 피해를 감수하려 하질 않으니 사황성주인 그의 입장에선 답답하기 그지없었다.

"후우…… 그보다 문제는 놈이 진짜인지 가짜인지를 확인하는 것이로군."

무엇보다 사독의 머릿속을 어지럽히고 있는 것은 바로 도현의 존재였다.

마룡으로 불렸을 정도로 뛰어난 인재였던 그이기에 만약 살아있다면 매우 큰일이었다.

천마성이 무너진 것도 원인만 따지고 보자면 결국 그의 실종 때문이었다. 반대로 천마성을 다시 일으킬 수 있는 것도 마룡이라 불리는 그밖에 없었다.

사독이 본 도현은 그러고도 남음이 있는 인재였었다.

문제는 그를 직접 본 자가 없다는 것이다.

흔적은 있지만 그의 얼굴을 본 사람 대부분이 죽어버린 까닭에 확신을 할 수가 없었다.

'패력사왕과 소면마살을 죽일 정도라면 어지간한 실력으로 되지 않는데, 아무리 마룡이라 불리던 녀석이라 하더라도 그것이 가능한 일일까? 패마의 무공을 이어받았다 가정하더라도 결코 쉬운 일이 아니다.'

이성적으로 따지자면 분명 있을 수 없는 일이고, 다른 삼자의 개입이 있다고 여기는 것이 더 나을 수도 있건만,

그의 감은 끊임없이 도현을 떠올리고 있었다.

이 정도로 자신의 감이 말하고 있을 때 틀려본 적이 거의 없는 사독이기에 고민에 고민을 거듭하고 있는 것이다.

사실 대전에서 화를 내긴 했지만 돈을 들인다면 얼마든지 무마 할 수 있는 일이다. 물론 많은 수하들이 죽긴 했지만 사파인 그들에게 그런 수준의 무인들은 많고 또 많았다.

게다가 놈들이 왜 본성에 비밀로 하고 움직인 것인지 대충 모르는 것도 아니다.

'역시 패력사왕을 잃은 것이 제일 큰 문제로군.'

자신의 수족과도 같은 존재였기에 더욱 그러하다.

사독에겐 제자가 셋이나 있지만 자신의 수족이라 부를 수 있는 존재는 아무도 없었다.

'어렵군.'

독한 술을 연신 들이키는 사독의 고민이 깊어지고 있었다.

금화상단으로 안전하게 하 외총관 일행을 데려다 놓은 도현은 다시 구룡무관으로 복귀했다.

아무리 대단한 실력을 지니고 있는 도현이라도 사람인 이상 쉬어줄 필요가 있었던 것이다.

복귀하고 나서 무려 이틀을 내리자고 나서야 정신을 차린 도현의 앞으로 칠 장로가 마주 앉았다.

"그럼 금화상단이 앞으로 이전의 만금상단과 같은 역할을 하게 되는 것이냐?"

"그렇습니다. 금화상단은 만약의 사태를 대비하여 사부님이 준비를 해놓으신 것이었는데…… 실제로 사용될 줄은 몰랐습니다."

고개를 젓는 도현을 보며 거력마웅은 오히려 다행이라는 얼굴로 말했다.

"이런 시기이기에 오히려 잘 된 것이다. 다시 천마성을 일으키려 해도 수많은 자금과 물자가 들어간다. 만약 금화상단이 준비되어 있지 않았다면 일으켜 세우는 일이 무척 어려웠을 것이다. 솔직히 그런 쪽으로는 난 도움이 되질 않으니까."

자신의 단점에 대해 당당히 말을 하는 거력마웅을 보며 도현은 웃지 않을 수 없었다.

스스로의 부족함을 부끄러워하지 않고 당당히 말을 하는 것이 거력마웅의 장점이라면 장점이었다.

할 수 있는 일과 할 수 없는 일을 정확히 구분하니 굳이 그가 못하는 일을 맡길 필요가 없는 것이다.

"자금이 해결이 되었다면…… 남은 것은 무력이겠군. 아무래도 나 혼자만으로는 부족할 테니."

"그렇지 않아도 하 외총관에게 소식을 알려달라고 이야기는 해놓았지만, 그럴만한 정신이 있을지는 모르겠습니다. 당장은 금화상단을 파악하는 것만으로도 정신이 없을 테니까요."

"흠…… 그럼 앞으로 어떻게 할 생각이냐? 최소한 누님이라도 찾아야 한다. 실력도 실력이지만 머리 회전이 잘 되는 누님이니 네 일에 큰 도움이 될 것이다."

진지한 눈으로 바라보며 이야기하는 거력마웅을 보며 도현은 고개를 끄덕인다.

"찾아봐야죠. 지금 제가 가장 중요한 두 가지 일이 있다면 하나는 사부님을 찾는 것이고, 또 하나는 흩어진 장로님들을 모으는 겁니다. 장로님들을 하나로 모을 수 있다면 그 뒤의 일은 크게 어렵지 않을 테니까요."

도현의 말에 고개를 끄덕이며 동의하는 거력마웅. 그 모습을 보며 도현은 자리에서 일어서며 입을 열었다.

"당분간 돌아오지 못할 겁니다."

"어디 멀리갈 생각이냐?"

"기다리고 있는 사람들이 있습니다. 지금쯤이면 제가 돌아오길 목이 빠져라 기다리고 있을 테니, 일단 갔다가 돌아오겠습니다."

"흠…… 알겠다. 그동안 이곳은 내가 지키고 있으마. 하지만 위험한 행동은 하지 말아야 할 것이다. 네 어깨 위에 올려진 것은 결코 가벼운 것이 아니다."

거력마웅의 말에 도현은 자신의 어깨를 툭툭 치며.

"누구보다 잘 알고 있습니다."

"좋아. 다녀와라."

휘이잉-!

바람이 세차게 부는 절벽.

절벽 밑으로 무엇이 있는지 알 수 없을 정도로 깊고 어두운 그곳에 도현이 서 있었다.

등에 봇짐을 가득 채워 맨 도현의 눈이 절벽 밑으로 향한다.

"위에서보니 내가 어떻게 저길 올라온 건지 궁금할 정도네."

절래절래 고개를 흔드는 도현.

척 봐도 족히 삼백 장은 넘어 보이는 절벽이다.

이곳에서 떨어진다면 어떠한 무공을 익히고 있더라도 죽을 수밖에 없을 것 같았다.

"자…… 가볼까?"

휙-!

갑작스레 절벽을 향해 몸을 내던지는 도현!

귓가를 괴롭히는 바람소리와 함께 빠른 속도로 떨어져 내린다.

풍압 때문에 눈을 뜨기 어려울 정도지만 도현은 침착하게 얼마나 내려온 것인지를 가늠하며 서서히 내공을 끌어올린다.

'저기다!'

마침내 그의 눈에 절벽의 중간에 뚫린 작은 동굴이 들어왔고 그 즉시 도현은 밑을 향해 장력을 날리며 떨어지는 속도를 늦춤과 동시 허공답보의 수를 발휘해 절벽 쪽으로 움직였다.

"핫!"

드드드득!

짧은 기합과 함께 도현의 손이 절벽에 틀어 박혔고, 굉음과 함께 미끄러지듯 내려가던 몸이 천천히 늦춰지더니 동굴 입구 위에서 정확하게 멈춰 선다.

"으아…… 이거 장난 아니네?"

가벼운 몸놀림으로 동굴 안으로 들어온 도현이 인상을 쓰며 절벽에 박아 넣었던 손을 살핀다.

금강수(金剛手)의 일종을 펼쳤음에도 손끝으로 전해지는 고통이 제법 되었던 것이다.

휙휙.

손을 털며 동굴 안으로 향하는 도현.

동굴은 천연적으로 만들어졌음에도 불구하고 제법 크기에 도현이 움직이는 것에 조금도 불편함이 없었다.

무려 한 시진에 가까운 시간을 말 한마디 없이 어두운 동굴을 걸어가던 도현의 발걸음이 멈춘 것은 동굴의 끝에 도달해서였다.

우우우-.

동굴의 끝엔 그 깊이를 알 수 없는 검은 동굴이 수직으로 나 있었는데, 스산한 괴음과 함께 바람소리가 들려오고 있었다.

그곳을 탈출하기 위해 이곳을 통과했던 기억이 있음에도 불구하고 막상 되돌아가려고 하니 엄두가 나지 않을 정도다.

"그래도 가야지!"

짝!

가볍게 자신의 볼을 두드린 도현은 지체 없이 몸을 내던진다. 그와 동시 내공을 집중시킨 팔을 벽에 박아 넣는다.

카가각!

연신 동굴 벽의 돌들이 부서져 내리지만 덕분인지 하강하는 속도가 눈에 띄기 줄기 시작했다.

다만 워낙 벽이 미끄러웠기에 완전히 멈춰서지는 않았다.

근 반각에 가까운 시간을 미끄러지듯 내려오던 도현의 눈빛이 변하더니 벽에 박아 넣었던 손을 슬쩍 빼내었다가 재빨리 더욱 강하게 벽을 때렸다!

쿠앙!

굉음과 함께 서서히 멈추어서는 도현의 몸.

"휴……."

작은 한숨을 내쉬며 발밑을 보자 놀랍게도 지상에서 겨우 일장 정도 위에서 정확하게 멈춰선 도현이었다.

이곳을 떠나기 전 바닥에 광석태를 두고 갔었는데, 그것이 뜻하지 않게 지면을 가리키는 지표가 된 것이다.

'생각했던 것보다 더 어두웠던 건가. 큰일 날 뻔했군.'

휙– 탁!

가볍게 몸을 움직여 바닥에 착지한 도현은 품에서 화섭자를 꺼내 불을 붙인다.

광석태보다 월등히 밝은 빛에 동굴 전체가 밝아지는 듯하다.

"오라버니!"

"오빠!"

와락!

도현의 등장과 함께 품에 안겨드는 빙설하를 어색한 표정과 함께 간신히 밀어낸 도현은 소진을 보며 웃었다.

97

함께 나갈 수도 있었건만 수련을 위해 좀 더 이곳에 머물겠다던 그녀의 표정이 밝은 것으로 보아 작지 않은 성과를 얻은 것 같았다.

"얻은 게 제법 있는 모양이야?"

"네. 최소한…… 오라버니의 발목을 붙들지는 않을 것 같아요."

웃으며 이야기하는 그녀를 보며 도현은 다시 웃어주곤 팔에 매달려 있는 빙설하에게 말했다.

"그동안 잘 있었어?"

"네! 언니 말 잘 듣고 있었어요!"

착한 어린이라도 되는 듯 손을 들며 이야기를 하는 그녀.

꽤 시간이 흘렀음에도 불구하고 아직 제 기억을 찾지 못하는 그녀를 보고 있노라면 이것도 나쁘지 않다고 생각하는 도현이었다.

기억이 돌아오게 되면 적이 될 것이 분명하니까.

"그보다 부탁 받은 것들 가져왔어."

말과 함께 등에 메고 있던 봇짐을 내리는 도현.

소진에게 이곳으로 돌아 올 때 준비해달라고 부탁받은 것들로, 간단한 식량과 옷가지가 주류였다.

아무래도 이곳에서 오래 있다보니 입고 있는 옷이 오래되어 지금 입고 있는 것으론 밖으로 나가기 어려웠다.

"갈아입고 있어, 난 안에 좀 다녀올 테니."

"그러세요. 설하도 갈아입자."

두 여인을 뒤로하고 무황총으로 돌아온 도현은 천천히 벽을 둘러보기 시작했다.

이곳에서 무황의 무공을 익히는 동안 단계를 넘을 때마다 벽을 무너트렸기 때문에 이제 남아 있는 벽은 없었지만, 그 흔적은 아직도 고스란히 남아 있었다.

이제 이곳을 벗어나면 이곳으로 돌아올 일은 없을 것이다.

무황총의 존재를 없애달라는 부탁이 있었기 때문이다.

무황총에 존재하던 많은 영약들은 도현에겐 불필요한 것들이었기에 대부분은 소진이 섭취했고, 남은 것들은 가지고 나갈 예정이었다.

천마성을 다시 일으키는데 유용하게 쓰일 것이다.

장로들에겐 필요가 없을 테지만, 아직 만나지 못한 우혁들에겐 큰 도움이 될 것이 분명했다.

'우혁들의 힘이 강해져야 차후 천마성의 미래도 튼튼해질 수 있다.'

이미 미래를 위한 계획이 도현의 머릿속에서 차근차근 이루어지고 있었다.

다만 문제가 있다면.

"혈교가 제일 문제로군."

쓰게 입맛을 다신다.

천마성이 무너진 것은 겉으로는 사황성과 백도맹에 의한 것이지만 그 속에는 혈교의 간교가 있었을 것이라 도현은 예상하고 있었다.

그렇지 않고서야 이제까지 조용히 있던 그들이 그렇게 쉽게 움직였을 리가 없다.

설령 그렇지 않다 하더라도 혈교의 존재는 무척 부담스러운 것이었다.

사황성과 백도맹이 큰 타격을 입고 흔들리고 있는 지금에도 혈교는 그 모습을 드러내지 않고 스스로를 감추고 있는 중이다.

벌써 모습을 드러내도 냈어야 할 놈들이 이제까지도 자신을 감추고 있다는 것은 사황성과 백도맹이 좀 더 무너지길 기다리고 있던 지 아니면 단숨에 그들의 목을 칠 준비를 하고 있다는 이야기다.

당장 본거지를 잃고 중심 세력이 뿔뿔이 흩어진 천마성으로선 결코 혈교에 대항할 수 없는 문제인 것이다.

"반대로 생각해보면 놈들이 움직이지 않고 있는 지금이 기회인데……."

놈들이 움직이지 않고 있을 때 어떻게 해서든 최대한 많은 사람들을 불러 모아야 했다.

최소한 놈들에게 쉬이 밀리지 않을 전력을 구축할 필요

는 있는 것이다.

그렇게 복잡한 생각을 하고 있던 도현의 눈에 아직도 방의 중심에서 눈을 감은 채 있는 무황의 모습이 보인다.

잠시 그의 모습을 보고 있던 도현은 천천히 그의 앞으로 움직여 절을 하기 시작했다.

인연이 어떻게 되었든 그의 안배 덕분에 강력한 힘을 지닐 수 있게 되었으니 감사의 인사를 하려는 것이다.

사부인 패마가 있으니 구배를 하지 못하지만 삼배를 마치고 몸을 일으키며 묵례를 하는 도현.

잠시 말없이 그를 바라보다 도현은 몸을 돌려 그곳을 빠져나간다.

이젠 무황이 진짜 잠들 시간이었다.

퍼석!

그것을 알기라도 하는 듯 도현이 모습을 감춤과 동시 무황의 시신이 가루가 되어 흩어지기 시작했다.

이때를 기다려 온 듯.

"어떻게 할 생각이야?"

"일단 사문으로 돌아가야죠. 다들 걱정하고 있을 테니까요."

소진의 말에 도현은 고개를 끄덕였다.

생각해보면 소진의 선택은 당연한 것이라 할 수 있었다.

갑작스레 납치되어 끌려온 데다 한참을 소식이 없었으니, 지금쯤 검각에선 난리가 난 수준이 아니라 어쩌면 소진이 죽었다 생각할 수도 있었다.

검각의 특성상 검후가 존재치 않는다면 그 활동이 크게 줄어들 수밖에 없으니 다시 기지개를 펴고 있던 검각으로선 어마어마한 타격을 입었을 터다.

그런 사정들을 생각한다면 당장이라도 소진이 검각에 복귀하는 것이 가장 좋은 선택이었다.

"당분간은 못보겠군."

"아무래도요. 상황을 수습하려면 꽤 시간이 걸릴 것 같아요. 게다가 오라버니의 말씀에 따르면 천마성과 관련된 일이 있으니 밖으로 나오는 것이 좀 더 어려울지도 모르고요."

"실력 보이면 괜찮을 거야."

"저도 그렇게 생각해요."

도현의 작은 농담에 대꾸하며 웃는 소진.

그녀의 얼굴을 보며 도현 역시 마주 웃었다.

그렇지 않아도 아름다운 얼굴에 미소가 새겨지며 아찔할 정도로 유혹을 하지만 도현은 흔들리지 않았다.

자신의 얼굴을 가리지 않고도 유일하게 모든 것을 드러내놓고 웃을 수 있는 유일한 사내인 도현을 보며 소진은 빙긋 눈웃음을 짓는다.

그때 상황을 모르고 고개를 갸웃거리던 빙설하가 도현의 옷자락을 잡아당긴다.

"오빠 나는? 나는?"

"아……."

그녀의 말에 그제야 서로를 바라보는 두 사람.

빙설하가 문제였다.

여인들만 받는 검각이니 소진을 따라가도 문제는 없겠지만 설하가 제 정신을 차리게 된다면 그녀를 제압하기란 여간 까다로운 것이 아니었다.

게다가 이런저런 오해를 받을 확률도 높다.

자신도 모르는 사이 혈교의 무공을 사용하곤 하는 설하이기 때문이다.

"나와 함께 움직이는 수밖에 없겠지."

"아무래도요. 이상한 짓은 안하시겠죠?"

"이상한 짓?"

도현의 반문에 소진은 얼굴을 붉히며 시선을 돌린다.

자신이 말해놓고서도 더 이야기를 하는 것이 부끄러웠던 것이다.

그러는 사이 도현은 설하를 향해 말했다.

"설하는 당분간 나랑 함께 다니자."

"언니는?"

"언니는 바쁜 일이 있어서 일보고 다시 올게."

소진의 말에 설하는 고개를 갸웃거리다 곧 끄덕였다. 그녀의 외모에 어울리지 않는 행동 같았지만 그것이 또 묘하게 잘 어울린다.

이런 모습을 볼 때마다 묘하게 긴장감이 솟아오르는 소진이지만 어쩔 수 없는 일이기에 작은 한숨과 함께 도현에게 말했다.

"되도록 금방 돌아올 수 있도록 할 테니, 그동안 잘 부탁드릴게요."

"알았어."

고개를 끄덕이는 도현의 얼굴을 바라보다 곧 소진은 검각이 있는 방향으로 몸을 날린다.

순식간에 점이 되어 사라지는 그녀의 신형을 지켜보고 있던 도현도 설하의 손을 잡았다.

부드럽고 약간은 차가운 감촉이 기분 좋게 느껴진다.

"자, 우리도 갈까?"

"가요!"

영문도 모르고 신나하며 자신에게 매달리는 설하를 보며 도현은 웃으며 발걸음을 옮긴다.

天魔氣上

4章.

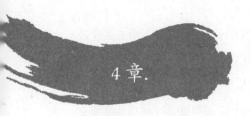

4 章.

천마성이 없어진 이후 백도맹은 극심한 내부분열을 겪고 있었다.

이러한 사실이 외부로 알려질 정도였으니 그 상황이 얼마나 심각한 것인지는 말하지 않아도 알 수 있을 정도였다.

하지만 이런 상황에서도 인지도를 높이고 있는 자가 있었는데 바로 백도맹주의 넷째 제자인 제갈강이었다.

천마성을 없애는 데 가장 큰 공을 세웠을 뿐만 아니라, 직접 제갈세가의 무인들을 이끌고 가장 선두에서 적들을 물리쳤다.

지략과 실력 그 모든 것을 단숨에 보여 줌으로서 많은 이들에게 지지를 받기 시작한 것이다.

본래도 다른 제자들에 비해 한발 앞서간다는 평가가 많았던 그였지만, 지금은 아예 비교가 되지 않을 정도로 독보적인 지지를 받고 있었다.

문제는 이것 또한 내부분열을 촉진시키는 역할을 하고 있다는 것이다.

아무래도 오대세가의 인물이다 보니 구파일방으로선 그 재능을 인정하면서도 탐탁지 못했던 것이다.

현 백도맹주가 오대세가 출신인데 그 다음 대 맹주까지 오대세가에서 나온다면 자칫 구파일방이 오대세가의 밑으로 보일 우려가 있는 것이다.

수많은 역사과 전통을 지닌 구파일방으로선 결코 용납할 수 없는 일이었고, 이번 기회에 구파일방을 완벽하게 누르려는 오대세가로서도 쉽게 밀릴 수 없었다.

이런 일에서 중립을 지켜주어야 할 백도맹주인 창천신검(蒼天神劍) 남궁선은 패마와의 싸움으로 인해 잃어버린 원팔의 문제로 공식석상에 모습을 드러내지 않고 있었다.

검사(劍士)에게 한 팔을 잃는다는 것은 수많은 것을 희생해야 한다는 것과 같다. 게다가 이미 지고한 경지에 오른 그이기에 그 타격은 어마어마한 것이었다.

이대로 은퇴까지 생각 할 수 있는 중차대한 일이었다.

"오늘 이 자리에 모여 주셔서 감사합니다."

자명성의 인사와 함께 자리에 모인 세 사람의 얼굴엔 불쾌함이 가득하다.

백도맹주의 네 제자들 중 제갈강을 제외한 세 사람이 한 자리에 모인 일은 특별한 날을 제외하곤 처음 있는 일이었고, 평소에도 사이가 좋지 않았던 그들이기에 불쾌함을 있는 그대로 드러내고 있었다.

그 사실을 알고 있기에 자명성은 곧장 본론을 이야기했다.

"이런저런 상황들로 인해 서로 사이가 좋지 않은 것은 사실이지만 이렇게 자리를 마련하게 된 것은 한 사람을 견제하기 위해서 입니다. 다들 아시겠지만 근래 넷째가 너무 잘나가고 있지 않습니까?"

생글생글 웃으며 이야기하는 그의 얼굴에 다른 두 사람의 얼굴이 구겨진다.

꼭 웃고 있는 모습이 간신배의 얼굴을 떠올릴 만큼 마음에 들지 않았던 것이다.

정작 그것을 입 밖으로 이야기 하진 않았지만.

"넷째라…… 하긴 근래 너무 잘 나가긴 하지."

작은 한숨과 함께 자명성의 이야기에 동조한 것은 첫째인 마도웅이었다. 이름처럼 듬직한 덩치를 지닌 그는 무당파의 제자답지 않은 과감함과 패도적인 모습을 지니고 있는 자였다.

평소에 무공수련에만 매달리고 있기에 무광(武狂)이라 불릴 정도였다.

마도웅에 이어 같은 오대세가의 일원임에도 불구하고 둘째인 모용후가 동조하고 나섰다.

"확실히 견제를 할 필요가 있긴 하지. 아직 사부님의 후계가 확실치 않은 상황이니."

"제 말이 곧 두 분의 말씀과 같습니다. 아직 사부님의 결정이 떨어지지 않은 상황에서 여론이 넷째에게 쏠리고 있습니다. 이럴 때이니 만큼 서로 손을 잡고 넷째를 견제해야 하지 않겠습니까? 이대로라면 힘을 써보기도 전에 넷째로 결정이 되고 말 겁니다."

자명성의 말에 두 사람은 묵묵히 고개를 끄덕인다.

사실 세 사람이 한 자리에 모였을 때부터 이런 이야기가 나올 것이라 예상하고 있었다.

그렇기에 한 자리에 모인 것 자체가 넷째인 제갈강을 견제하기 위해 암묵적으로 합의를 한 것이나 마찬가지인 것이다.

"그래서 어떻게 하자는 거지? 어지간한 방법으론 안 될 텐데?"

모용후의 말에 자명성은 이미 생각한 바가 있다는 듯 즉시 대답했다.

"분하긴 하지만 하위 무사들의 인지도 면에서는 넷째를

따라 갈 수가 없습니다. 비록 후계를 정하는 것이 사부님과 장로님들이라 하더라도 맹에 수도 없이 많은 무인들의 의견을 무시 할 수는 없겠지요."

"다들 알고 있는 이야기니 본론만 말해봐."

위압적인 기운을 뿜어내며 말하는 마도옹에게 자명성은 슬쩍 웃으며.

"녀석의 일을 방해하는 것이요. 그렇지 않아도 요즘 이런저런 일들로 뛰어다니는 중이니 적당히 일을 방해하면서, 놈의 공을 우리 쪽으로 돌린다면 나쁘지 않은 선택이 되겠지요."

"그렇게 하기엔 시간이 너무 걸리지 않나?"

"그렇기는 합니다만, 무엇이든 작은 것에서 시작하는 법입니다. 그렇게 차근히 녀석의 평판을 깎아 내리고 결정적으로 여자를 좋아하는 놈의 습성을 이용한다면……."

씩하고 웃는 자명성을 보며 두 사람이 마주 웃었다.

아는 사람들끼리 만의 이야기지만 넷째인 제갈강이 여색을 즐긴다는 것은 잘 알려져 있었다.

그런 것을 적절히 이용한다면 충분한 타격을 입힐 수 있을 터였다.

"지금 당장이라도 실행을 할 수 있겠지만…… 지금은 그리 좋지 못하겠군."

"그렇습니다. 분위기가 달아올라 있는 지금 이런 이야

기를 해봐야 적당한 수준에서 넘어갈 것이 분명합니다. 차라리 아껴두었다가 한번에 터트리는 것이 훨씬 더 효과적이지요."

"흠…… 그럼 이야기는 이걸로 끝인가?"

모용후의 이야기에 자명성은 고개를 끄덕였다.

슥.

자리에서 가장 먼저 일어서며 마도웅이 입을 연다.

"다들 알겠지만 임시 동맹이다. 넷째를 끌어 내리고 난 뒤엔…… 말 안 해도 알겠지?"

피식.

작은 웃음과 함께 방을 빠져나가는 그의 뒤를 모용후가 뒤따르며 자신의 방에 남은 자명성에게 한 마디 남긴다.

"무슨 생각인지는 알 수 없지만 일단 장단은 맞춰주마. 하지만…… 마음대로 하려고 했다간 적당한 수준으로 끝나지 않을 거다."

혼자 남게 되자 자명성은 편안한 자세로 바꿔 앉으며 식어버린 찻잔을 집어 들었다.

"의심 많기는. 둘 다 차를 안마시다니. 킥!"

그러고 보니 두 사람 모두 눈앞에 놓인 차를 보기만 했을 뿐 누구도 입에 대지 않았다.

처음 놓였던 위치 그대로.

"하긴 한 놈은 무공 밖에 모르는 놈이고, 또 한 놈은 눈

치만 보고 있는 놈이니. 상황이 어찌되었건…… 내게 기회
가 왔다는 것만은 확실해. 흐흐."

홀로 차를 마시며 웃는 그의 시선이 창밖으로 향한다.

창밖으로 정면에서 보이는 맹주전.

자명성의 시선이 그곳으로 향한다.

運남을 떠올리면 가장 먼저 생각나는 것은 끝도 없는 더
위와 이해 할 수 없을 정도로 많은 독충들이다.

이러다 보니 운남에서 사람이 살 수 있는 곳은 땅의 넓
이에 비한다면 지극히 적은 부분이었지만 오히려 이런 곳
이기에 선호하는 자들 또한 있었다.

대표적인 곳이 바로 독문(毒門)으로 그 이름과 같이 독
을 전문적으로 다루는 문파였다.

사천당가와 쌍벽을 이룰 정도로 독에 있어선 최고라 불
리는 자들이다.

다만 사천당가와 다른 것이 있다면 당가가 암기 등에도
많은 공을 들여 무림에서 세력을 넓히는데 힘을 썼다면,
독문은 오로지 독(毒)에만 집중하며 무림의 일에는 크게
개의치 않았다는 것이다.

하지만 독문을 무시하는 무림 문파는 아무도 없었다.

백 년 전 독문주의 외동딸을 죽이고 중원으로 도망친 색마가 있었는데, 독문에선 놈을 죽이는 그 순간까지 끈질기게 뒤쫓으며 색마를 두둔하는 모든 문파를 죽음으로 몰아갔었다.

작은 문파도 있지만 대형 문파도 적지 않았기에 독문으로선 본의 아니게 강력한 힘을 보여준 것이다.

그 뒤로 독문은 다시 중원에 모습을 드러내진 않았지만 독문에 대한 이야기는 아직도 중원에 떠돌고 있을 정도로 당시 그들이 남긴 흔적은 엄청난 것이었다.

운남의 밀림 깊은 곳에 자리를 잡은 독문.

독충이 득실거리는 이곳이기에 독을 연구하는 그들에겐 천국과 같은 곳이다.

외부와의 연락을 철저하게 배제한 채 필요한 물건이 있을 경우에만 소수의 인원을 외부로 보내어 구입해 오게 만드는 등 이들의 존재에 대해 아는 이들이 오히려 드물 정도였다.

연구를 하는 곳임에도 불구하고 엄청난 규모를 자랑하는 독문이지만 어찌된 것인지 이곳저곳의 전각이 무너져 있었고, 남아 있는 곳도 오래 버틸 것 같진 않았다.

사람의 흔적이 조금도 보이지 않는 독문.

그 독문으로 들어서는 정문에 일단의 일행이 모습을 드러낸다.

"거의 다 무너져 가는군. 독문이 어쩌다가……."

방립을 벗으며 말을 하는 사내.

놀랍게도 천마성 삼 장로 혈영신투(血影神偸) 자현의 제자인 마광호였다.

그런 광호의 곁으로 몇 사람이 모여 들며 각자의 방립을 벗는다.

"아무리 큰 문파라도 흐름이 없다면 이렇게 될 수 있다는 것이겠죠."

"이런 곳에서 지낼 수 있을까요?"

단리한과 예미영이었다.

두 사람의 뒤에서 마지막으로 방립을 벗는 사람은 이젠 당당하게 신월마검(新月魔劍)이라 불리고 있는 도우혁이었다.

사부인 검마를 잃은 충격 때문인지 얼굴색이 그리 좋은 편은 아니었지만, 동생들과 자신들을 따라온 수하들을 이끌어야 한다는 책임감 때문인지 크게 내색하진 않는다.

그 사실을 알기에 모두들 애써 우혁에게 말을 하지 않는 것이고.

"지금 상태로선 어쩔 수 없지. 안전하게 몸을 숨길 수 있다는 것만으로도 감사해야지. 고맙다, 상윤."

"무슨 말씀을. 안으로 들어가시죠. 누추하지만 당분간 지내는 데엔 문제없을 겁니다."

우혁의 말과 함께 뒤에서 모습을 드러낸 것은 무흔독검 이상윤이었다.

과거 도현이 주최한 용봉지회에 초대를 받은 것을 계기로 작은 인연을 맺었던 것이 이런 시기에 큰 도움이 된 것이다.

"누추하다니? 도망자인 우리에겐 이것도 큰 도움이네."

우혁의 말에 상윤은 고개를 저으며 정문을 열었다.

끼이익.

귀를 찌르는 소리와 함께 정문이 열리고 수풀이 무성하게 자란 독문의 모습이 드러난다.

관리가 전혀 되지 않은 독문 전체에 수풀이 가득했고 남아 있는 전각들 곳곳에 독충들이 살고 있는 것인지 그 모습을 보인다.

익숙한 듯 발걸음을 옮기며 상윤이 설명했다.

"제가 가는 길 이외로는 되도록 가지 않도록 해주십시오. 독물들이 언제 모습을 보일지 모르니까요. 그리고 저쪽에 있는 전각들에 살고 있는 독충들은 위험한 놈들이니 절대 손대지 마십시오. 저희가 머물 곳에는 독충들이 머물지 못하도록 특수한 장치가 되어 있지만 저쪽 전각들은 장치의 효과가 끝나서 위험합니다."

"흠……."

고개를 끄덕이는 우혁과 일행들.

우혁을 따라 온 천마성의 무인은 대략 오백 명.

많다면 많고 적다면 적은 인원이지만 중요한 것은 그들이 자신을 따르고 있다는 것이다.

자신을 믿고 따르는 한 우혁은 그들을 돌볼 책임이 있는 것이다. 그렇기에 우혁의 눈은 끊임없이 사방을 살핀다.

생각보다 독문은 훨씬 더 컸던 탓에 정문을 통과하고서도 무려 일각을 걷고 나서야 과거 독문의 중심이었을 전각에 도착 할 수 있었다.

"독왕전(毒王殿)입니다. 더럽긴 하지만 치우고 나면 살만 할 겁니다."

말과 함께 먼저 안으로 들어가며 문을 크게 여는 상윤.

독문의 회의가 열리던 곳이었던 지 내부는 무척이나 크고 화려했다. 곳곳에 쌓인 먼지들 때문에 그렇게 보이진 않지만 깨끗하게 치운다면 충분히 훌륭한 건물이 될 터였다.

"일단…… 청소부터."

우혁의 말이 떨어지기 무섭게 오백의 인원이 일제히 움직이며 독왕전 전체를 청소하기 시작했다.

타닥, 탁!

장작이 불타오르는 소리와 함께 피어오르는 불길이 어두운 밤을 밝힌다.

곳곳에 만들어진 모닥불 주변에 모여 잠을 청하는 이들도 있었고, 얼마 남지 않은 식량을 배분하여 먹는 이들도 있었다.

그런 그들이 한 눈에 보이는 장소에 우혁들은 자리 잡고 있었다.

쪼르륵.

모닥불에 끓여낸 차를 마시며 어색한 침묵이 흐른다.

침묵을 지키지 못하고 먼저 입을 연 것은 광호였다.

"이제 어떻게 할 생각입니까, 형님?"

"잘 모르겠다."

"본성은 무너졌지만 아직 많은 무사들이 남아있고, 사부님들이 계시니 무엇이라도 준비해야 하지 않겠습니까? 이대로 무너질 천마성이 아닙니다!"

단호한 광호의 말에 모두들 고개를 끄덕이며 동의한다. 객관적으로 생각해도 이대로 무너질 천마성이 아닌 것이다.

허나, 우혁은 고개를 저었다.

"당장 우리가 할 수 있는 일은 없다. 광호. 넌 본성에서 가장 중요한 것이 무엇인지 알고 있느냐?"

"본성에서 가장 중요한 것이라면……?"

"돈? 무사? 마공? 틀렸다. 가장 중요한 것은 바로 성주님이시다. 성주님의 그 막강함이 있기에 천마성이 유지 될 수 있었던 것이지. 그런 성주님께서 그리 되셨으니…… 결코 쉬운 일이 되지 않을 거다. 이럴 때…… 그분이라도 계셨다면…….

"……."

우혁의 마지막 말에 누구도 대답지 않는다.

어두운 기색의 얼굴로 고개를 숙일 뿐.

이런 시기에 만약 소성주인 도현이 있었다면 그를 중심으로 똘똘 뭉쳐 위기를 헤쳐 나갈 수 있었을 것이다.

아니, 도현의 능력이라면 더 확실한 결과물을 내놓았을지도 모른다.

하지만 지금 그는 이곳에 없었다.

살아있는 것인지 죽은 것인지 조차 알 수 없는 것이다.

"허면…… 앞으로 우리는 어떻게 해야 합니까?"

듣고만 있던 단리한이 조심스레 고개를 들며 묻자 우혁은 자리에서 일어서며.

"글쎄…… 잘 모르겠다. 당장은 이곳까지 오는 동안 많이들 지쳤을 테니 충분한 휴식을 취하는 것 이외엔 방법이 없겠지."

"그거야 그렇지만 앞으로 어떻게 해야 할 것인지 계획을 세우는 것도 못지않게 중요합니다. 지금 상황에서 동기를 부여하지 않으면…… 결코 천마성을 일으켜 세우는데 도움이 되지 않을 겁니다."

"말 잘했다! 그렇습니다, 형님! 앞으로 무림의 상황이 어떻게 될지는 몰라도 이대로 물러서기엔 아쉽지 않습니까! 게다가 마도문파가 거의 없는 지금 우리가 무너진다면 남은 마도문파들도 얼마 버티지 못할 겁니다. 우리가 해야 합니다!"

"저도 그렇게 생각해요. 지금은…… 우리가 해야 해요!"

예미영까지 합류하여 이야기를 하자 우혁은 짧은 한숨과 함께 고개를 끄덕이며 몸을 돌려세운다.

"아직 뭘 해야 할 지 모르겠지만…… 좋다! 뭔가 생각을 좀 해보자."

우혁의 말에 모두의 얼굴이 밝아진다.

"안 자는 건가?"

"어쩌다 보니 잠이 오질 않는 군요."

홀로 전각의 지붕 위에서 환하게 떠오른 보름달을 보고 있던 우혁의 뒤로 머리를 긁적이며 상윤이 모습을 드러낸다.

덜썩!

우혁의 곁에 주저앉는 상윤.

"고민이 많으신 모양입니다."

"아무래도……."

"지금 같은 상황이니 어쩔 수 없는 것이겠죠. 보시다 시피 상황이 이러니 저도 고민이 꽤 많습니다만, 최대한 부담을 가지지 않으려고 노력하고 있습니다. 부담감을 가지고 움직이면 될 일도 안 되더군요. 뭐, 저와 비교 할 수 없으시겠지만."

"아니네. 상황이 어찌되었건 사람의 고민에 크고 작음이 있을 리 없지."

쓰게 웃는 우혁.

평소 말이 많지 않은 우혁이었지만 패마가 그리 되고 상황이 이상하게 돌아가기 시작하면서 필연적으로 말이 많아진 그였다.

어쩔 수 없는 일이었다.

수하들과 동생들을 이끌기 위해선 그가 나서서 움직여야 하고, 그러자면 자연스럽게 많은 이야기를 해야 하니까.

이제까지 도현의 곁에서 도현의 도움이 되는 것만으로 만족하며 살아온 그였지만, 이제는 스스로 나서서 모든 것을 해결해야만 했다.

그 무거움이…… 어깨를 짓누르는 것이다.

"그동안 묻는 것을 피하고 있었네만, 왜 우리를 도와주는 것인가? 솔직한 말로 도와준다고 한들 받을 수 있는 것도 없지 않는가."

"알고 계시는지 모르겠습니다만 제가 익히고 있는 것은 독문의 무공만은 아닙니다. 세간에 잘 알려지지 않은 마공을 익히고 있는데, 그 인연을 따른 것일 뿐입니다."

"그러고 보니 마공을 익힌 것 같다는 보고가 있긴 있었지."

"최대한 숨긴다고 숨겼는데 천마성의 눈을 피할 수는 없었던 모양입니다. 하하, 우연하게 인연이 되어 얻게 된 것이지만 지금의 저를 있을 수 있게 만들어준 무공이기도 합니다."

"어떤 것인지 물어도 실례가 되지 않겠나?"

보통 무공의 내력을 묻는다는 것은 상당한 실례가 될 수도 있는 물음이지만, 우혁의 물음에 상현은 괜찮다는 듯 고개를 끄덕이며 답했다.

"수라마공(修羅魔功)입니다."

"수라마공?! 수라마공이라면 분명 몇 대 전의 절대강자였던 수라마존의 독문무공일 텐데, 그런 것을 어찌?"

"그저 운이 좋았을 뿐입니다. 하지만 저도 얻을 수 있었던 것이라곤 하권뿐이라……."

"그래서 마기가 심하게 풍기지 않았던 것이로군."

고개를 끄덕이는 상윤을 보며 우혁은 잠시 그의 얼굴을 보다 천천히 하늘로 시선을 돌린다.

재미있는 인연이라면 인연이다.

도현이 마음에 들어 했던 사람들 중 하나가 바로 무흔독
검 이상윤이었는데 도현의 앞에 서 있어야 할 그가 지금
자신의 옆에 앉아 있으니.

만약 이 모습을 도현이 보았다면 어떻게 나왔을 지 생각
만 해도 즐겁지만 이 자리에 도현은 없었다.

죽었을 것이라 인정하진 않지만 마음 한 구석에선 연신
다시 볼 수 없을 것이란 생각이 들곤 했다.

"어찌해야 할 지……."

"이곳은 누구의 시선도 닿지 않는 곳이니 당분간은 충
분한 휴식을 취하며 고민을 해봐도 늦지 않을 겁니다. 저
도 오랜만에 돌아온 것이라 주변을 둘러봐야 하고요."

그 말에 우혁은 묵묵히 고개를 끄덕이는 것으로 대답을
대신한다.

밤하늘이 무척이나 맑다.

물컹.

"아앙!"

팔에 매달려오며 입을 벌리는 설하 때문에 난처한 도현.
그녀가 매달릴 때마다 팔을 통해 전해지는 그 느낌은 멀쩡
한 남자라면 도저히 잊을 수 없는 감촉을 선사한다.

우물우물.

그녀의 입에 당과 하나를 넣어주자 아주 좋아하며 먹어 치운다.

그 모습이 너무나 사랑스럽고 아름다워 주변의 시선이 쏟아지고 있었지만, 설하는 조금도 신경 쓰지 않고 도현의 팔에 매달린다.

"아무래도 얼굴을 가릴 필요가 있겠어."

쓰게 웃는 도현.

아직 대도시가 아니니 다행이지만 앞으로의 일정을 생각한다면 그녀의 얼굴을 면사로 가리는 것이 아무래도 나을 것 같았다.

게다가 그녀는 혈교의 인물이니 만약 혈교의 누군가가 그녀를 본다면 일이 복잡하게 꼬일 수도 있었다.

잠시 후 얼굴에 검은 면사를 한 그녀는 연신 불편한 듯 도현의 팔에 매달려 칭얼거리지만 도현의 강력한 부탁 때문인지 제멋대로 면사를 벗거나 하지는 않는다.

도현 역시 역용술로 얼굴을 완전히 감추고 있었다.

그런 상태로 두 사람은 꾸준히 쉬지 않고 움직인 끝에 꽤 큰 도시인 소월에 도착 할 수 있었다.

"자, 당과 먹으면서 조용히 있어."

"응!"

새로운 당과를 쥐어주자 좋다고 달려드는 그녀를 이끌고 도현이 향한 곳은 금화상단의 지부였다.

"이곳은 금화상단 소월지부입니다. 무슨 일로 찾아오셨습니까?"

정문에서부터 정중하게 물어오는 수문장에게 도현은 말 없이 품에서 묵빛의 패를 꺼내 보여 주었고, 그것을 확인한 수문장은 얼굴이 굳으며 재빨리 고갤 숙인다.

"소월지부를 방문해 주셔서 감사합니다! 안으로 드시지요, 곧 지부장님을 불러 드리겠습니다!"

"부탁하지."

수문장의 안내로 이곳 지부에서 가장 화려한 응접실로 안내 받은 지 얼마 되지 않아 헐레벌떡 땀을 가득 흘리며 비대한 덩치를 지닌 사내가 응접실 안으로 뛰어 들어왔다.

"아, 안녕하십니까! 금화상단 소월지부장 망태강이라 합니다!"

있는 대로 허리를 숙이는 그를 보며 도현은 웃지 않을 수 없었다.

자다가 온 것인지 의상은 엉망이었고, 얼마나 호위호식을 한 것인지 도저히 믿을 수 없을 정도로 살이 쪄 있었다.

보통 사람이라면 누구든 이 모습을 보고 흔하디흔한 상단의 지부장 중 하나라 생각할 것이다.

대부분의 상단 지부장들은 풍족했기에 비슷한 모습을 지닌 자들이 많기 때문이다.

"고생이 많군."

"예, 예?"

팟!

도현의 말에 고개를 갸웃거리는 지부장을 두고 도현은 재빨리 주변에 기막을 펼친다.

갑작스런 기운에 지부장의 눈이 떨리지만 겉으로 그 모습을 드러내진 않는다. 그것을 본 도현은 웃으며 그에게 자리를 권했다.

"앉지."

"……누구십니까?"

너무나 여유로운 모습에 지부장의 얼굴이 어느새 차갑게 변해 있었다.

방금 전의 사람과 같은 얼굴이라곤 결코 믿을 수 없을 정도로.

"수고가 많다."

우득, 우드득!

말이 끝나기 무섭게 도현의 얼굴 근육과 뼈가 움직이기 시작하더니, 얼마 지나지 않아 원래의 얼굴로 돌아온다.

역용술이 풀리며 도현의 얼굴이 돌아오는 것을 보고 있던 지부장의 얼굴이 점차 변하기 시작하더니 도현의 얼굴이 완전히 돌아오는 것과 동시 무릎을 꿇는다.

"소, 소성주님!"

"오랜만입니다."

도현이 빙긋 웃는다.

"설마 살아계실 것이라곤 생각지 못했습니다."

"제가 살아 돌아온 것이 불만인 모양입니다?"

"아하하하! 그럴 리가 있겠습니까? 소성주님께서 이렇게 건강히 돌아오시니 이 망태강, 그저 눈물이 앞을 가릴 뿐입니다."

넉살좋게 웃으며 이야기하는 그를 보며 도현 역시 마주 웃었다.

망태강은 공식적으로는 금화상단의 소월지부장이지만 실지로는 금화상단의 모든 것을 조율하는 사실상 상단주의 위치에 있는 자였다.

상인으로서 그 능력이 무척이나 뛰어난 자이지만 마공을 익히지 않은 자이기도 했다.

다시 말해 천마성과 조금의 연관이 없는 자나 마찬가지인 것이다.

그럼에도 불구하고 천마성 비장의 한수라 할 수 있는 금화상단의 책임자가 될 수 있었던 것은 그만한 능력을 갖추고 있을 뿐만 아니라 신의가 확실한 자이기 때문이었다.

.자기 스스로도 금화상단을 책임지는 자리에 있을 뿐 금화상단이 자신의 것이라 말한 적이 단 한 번도 없는 것이 그였다.

"소성주님께서 살아 계시다는 것을 알면 백도맹이나 사황성 무리들의 얼굴이 어떻게 변할 지 참 궁금해지는 군요. 하하하!"

"조만간 그 궁금증을 해결 하실 수 있을 겁니다."

"호? 곧 바로 시작하실 생각이십니까?"

눈을 반짝이며 물어오는 그에게 도현은 고개를 끄덕이며 입을 열었다.

"시기를 놓칠 수는 없는 일이니까요. 그러기 위한 일단계로 금화상단의 주인을 정하려고 합니다."

"제 입으로 말하기 부끄럽습니다만, 어지간한 상재(商材)를 타고난 사람이 아니라면 쉽지 않은 일입니다. 보기엔 이래도 어마어마한 규모를 자랑하지 않습니까?"

"앞으로 금화상단을 책임질 사람은 황금충 입니다."

"황금충이라 하심은…… 설마 그 분입니까? 만금상단의 주인이셨던?!"

깜짝 놀라는 망태강.

아무리 천마성의 막대한 지원을 등에 업었다곤 하지만 만금상단을 그만큼 키워낸 것은 황금충의 수완이 있기 때문이었고, 사실을 모르는 이들의 눈에도 빈손으로 시작해 크게 일군 만금상단의 일화 때문에 황금충은 상인들에게 선망의 대상이었다.

망태강 역시 황금충에 대해 무척이나 잘 알고 있었고, 그의 수완에 감탄한 적이 한두 번이 아니었다.

그런 자가 자신들의 수장으로 내정이 되었다니 어찌 기쁘지 않을 수 있겠는가.

"배울 수 있는 기회로군요."

"그런 점은 여전하시군요."

"하하, 어쩔 수 없지 않습니다. 뭐라도 배워야 상인은 발전하는 겁니다. 뼛속까지 상인인 제겐 최고의 선물이지 않을 수 없습니다."

정말 기쁜 듯 웃는 그를 보며 도현 역시 마주 웃었다.

망태강이 금화상단의 비밀을 지키면서도 이곳을 운영할 수 있었던 결정적인 이유가 바로 여기에 있었다.

그는 재화나 다른 것에 큰 관심이 없었다.

오로지 그가 관심이 있는 것은 자신이 지니고 있는 한계를 상인으로서 시험해보는 것과 조금이라도 더 상인으로서 발전하기 위해 무엇인가를 배우는 것이었다.

그렇지 않고 배신할 자였다면 오래전에 벌써 목이 잘렸을 터다.

"그래서 언제부터 시작하실 예정입니까?"

"조만간 그에게서 연락이 올 겁니다. 때가 되면 철저하게 준비를 하여 인계를 해주시면 됩니다."

"알겠습니다."

고개를 끄덕이면서도 웃는 얼굴을 유지하는 그.

이제는 천마성에 소속된 누구에게도 말을 놓을 수 있는 위치에 있는 도현이지만 망태강에겐 그렇지 못했다.

어디까지나 그는 조력자이지 천마성 소속의 인물이 아닌 것이다. 게다가 어린 시절 그에게서 상업에 대해 많은 것을 배웠던 기억이 있기에 더욱 그러했다.

어떻게 보면 상업에 있어선 그가 도현의 스승이나 마찬가지인 것이다.

"그리고 은밀하게 흩어진 장로님들에 대해 알아봐 주십시오. 작은 단서라도 좋으니까요."

"알겠습니다, 즉시 그리하도록 하겠습니다."

망태강의 대답이 있고 삼일 뒤 그는 소식을 하나 가지고 돌아왔다.

"무림 쪽으로는 아무래도 눈치가 보여서 상단 쪽으로 정보를 모으느라 늦었습니다만, 오히려 이쪽이 정답이었던 모양입니다. 곳곳에 사황성과 백도맹의 눈이 감시를 하고 있더군요."

"저들도 안달이 나 있는 상태이니 충분히 그러고도 남을 겁니다."

"예. 어쨌거나 의심스런 지역을 몇 곳 찾을 수 있었습니다. 그 중에서도 가장 확률이 높은 곳은…… 이곳입니다."

지도를 펼치며 손가락으로 한 곳을 짚는 그.

"북경이로군요."

"예. 평소에도 물자의 이동이 많은 곳이지만 평균을 내 보면 매년 비슷한 편인데 이번엔 조금이지만 변동이 있었습니다. 황실에서 새로운 계획을 수립하고 있는 것은 아니니, 누군가가 북경으로 숨어들었다고 생각 할 수밖에 없겠지요. 늘어난 변동 폭이 줄지 않는 것도 그렇고요."

"북경이라…… 확실히 황성이 있는 그곳이라면 무림인들이 접근을 꺼려하는 곳이요."

"그렇습니다. 게다가 워낙 권문세가들이 많은 곳이다 보니 무림인들이 드러내놓고 활동하기에는 어려운 부분이 많은 곳이라 수색을 했다 하더라도 허술한 점이 많을 겁니다."

"흠…… 북경에서도 짚이는 곳이 있습니까?"

그 물음을 기다렸다는 듯 망태강은 웃으며 답했다.

"녹원장입니다."

"녹원장……이라면 분명 오십년 전쯤 태학사를 배출했던 곳이 아닙니까?"

"그렇습니다. 북경에서도 손에 꼽히는 명문이지만 근 몇 십 년 동안 제자들이 관직에 오르는 것은 막고 있는 특

이한 곳이기도 합니다. 덕분에 그 위명이 많이 줄어들긴
했습니다만, 지금도 여전이 사람들의 입에 오르내릴 만큼
유명한 곳이지요."

"그런 곳에 어찌?"

"그것을 알아내시는 것은 소성주님의 몫입니다. 저로선
거기까진……."

그 말에 도현은 고개를 끄덕였다.

무림인이 아닌 망태강이기에 이 이상의 사실을 알아내
는 것은 쉽지 않은 일일테다.

목적지가 정해졌으니 이젠 움직여야 할 때기에 도현은
즉시 자리에서 일어섰다.

"잘 부탁합니다."

"최선을 다하겠습니다."

웃으며 대답하는 망태강과 마주 웃은 도현은 즉시 준비
를 마치고 설하와 함께 소월지부를 떠났다.

북경을 향해.

天魔飛上 5章.

5 章.

　푸욱-.

　묵묵히 집중하여 침을 놓는 마선의.

　이마 위의 구슬땀이 그가 얼마나 심력을 크게 쏟고 있는지 단편적으로나마 보여준다.

　떨리는 손으로 마지막 침을 놓고 나서야 그는 크게 숨을 내쉴 수 있었다.

　마선의가 그렇게 신중하게 침을 놓은 상대는 다름 아닌 패마였다.

　얼마 전까지 천하를 호령했던 사람이라곤 믿을 수 없을 정도로 왜소해진 몸이 가슴을 아프게 만든다.

　하지만 정작 마선의의 마음을 아프게 만드는 것은 겉모

습이 아닌 패마의 속이었다.

그의 오랜 감각이 패마의 수명이 이제 길지 않음을 느끼고 있었다.

어떻게든 막아보기 위해 노력하고 있지만 결코 쉬운 일이 아니었다. 평생을 함께한 주군이 이렇게 처량한 상태로 죽음을 맞이한다는 것은 상상조차 못해본 일이었다.

"후우……."

긴 한숨을 내쉬며 잠이 든 패마를 뒤로 하고 방을 빠져나오자 꽤 오래 기다린 듯 이 장로 월영마검이 서 있었다.

"어떠신가?"

"안 좋습니다. 상상을 초월할 속도로 기혈이 막혀가고 있습니다. 어떠한 영약을 가지고 온다고 한들……."

"자리를 옮기지."

쓰게 웃으며 이 장로는 마선의를 데리고 자신의 집무실로 향한다.

달칵.

"여아홍이네. 좋은 것은 아니지만 꽤 맛이 괜찮지."

"감사합니다."

월영마검의 내준 술잔을 단숨에 들이 킨 마선의는 곧 마주 앉은 그의 빈 잔에도 술을 따르며 입을 열었다.

"이렇게 될 줄은 몰랐습니다. 천천히 제자들이나 길러

내고 자리를 물려주고 나면 유유자적한 곳에 들어가서 편하게 살려고 했는데 말입니다."

"마찬가지네. 난 아직도 후회를 하고 있다네. 형님에게 너무 많은 것을 맡기고 있었던 것은 아닌지 하고 말이야. 내 욕심에 녹원장에 너무 매달린 것은 아닌지……."

"그런 말씀 마십시오. 덕분에 이렇게 몸을 쉬고 있을 수 있지 않습니까? 게다가 미련을 가지고 있지 않은 사람은 없습니다."

마선의의 말에 그는 쓰게 웃으며 술잔을 든다.

"후회가 남는다네. 차라리 그날 형님이 가시는 것을 막고 내가 남을 것을…… 매일 밤 그리 생각하네."

"그건 저도 마찬가집니다."

"후후, 자네가 있어 지금까지 주군께서 버텨 오신 것이 아닌가. 자네가 없었다면 많은 이들이 죽었을 것이야."

그 말을 끝으로 두 사람은 말없이 잔을 주고받는다. 가져온 술이 떨어지고 나서야 단리한은 조심스럽게 물었다.

"앞으로…… 어찌 하실 생각입니까?"

"글쎄…… 잘 모르겠다. 천마성을 다시 일으켜야 하겠지만 실제로는 그것이 무척이나 어렵다는 것을 알고 있지 않느냐. 내가 실력에 자신이 있다곤 하나 이괴(二怪)를 간신히 이길 수 있을 정도다. 그 위에 있는 두 괴물을 상대하기란 어려운 일이다."

냉정하지만 자신을 정확하게 판단하고 있는 그의 말이니 사실일 것이라 생각하며 단리한은 자신의 의견을 말했다.

"천마성을 일으켜 세우든 아니면 다른 세력을 만들든 일단 헤어진 형제들을 불러 모아야 하지 않겠습니까? 어려운 상황이지만 이대로 모른 척 할 수 있는 문제도 아니지 않습니까?"

"그렇지. 문제는 놈들의 감시가 너무 강하다는 것이야. 필연적으로 부딪칠 수밖에 없는데…… 그러기엔 희생이 얼마나 커질지 예측하기 어렵다. 그렇다고 정면 돌파 할 수 있는 상황도 아니니……."

"후! 대체 어쩌다가 이렇게 됐는지 모르겠습니다."

쓰게 웃는 단리한을 보며 이 장로는 자리에서 일어나 한쪽에 장식되어 있던 술병을 꺼내와 앉는다.

"오늘 밤은 흠뻑 취해보세."

북경으로 가는 길은 험난하기 그지없었다.

관도가 잘 정비되어 있어 산적 등의 도발은 없었지만 조금만 멀리 움직였다 싶으면 어김없이 백도맹과 사황성 무인들이 길목을 지키고 서 있었던 것이다.

불편하기 짝이 없는 일이지만 칼을 든 무인들이기에 대부분의 사람들은 순순히 그들의 말을 따르는 편이었다.

역용술로 얼굴을 감춘 도현과 설하 역시 마찬가지였다.

완벽하게 다른 사람이 된 두 사람은 일반인들 틈에 끼어 그들과 함께 움직이며 태연하게 검문을 받았다.

"통과!"

백도맹 무사의 외침과 함께 무사히 검문을 통과한 도현과 설하는 짧게 한숨을 내쉬며 고개를 들었다.

저 멀리 거대한 도시 북경의 화려한 모습이 보인다.

"다 왔다!"

얼마 전에 마지막 검문이라고 했던 것을 기억한 모양인지 북경의 모습을 보며 좋아하는 그녀를 보며 도현은 피식 웃으며 발걸음을 옮긴다.

백도맹과 사황성 무인들이 움직이지 않는 곳이 거의 없을 정도라 조용히 움직이는 방법으로 관도를 택한 도현.

역용술을 이용해 얼굴을 완벽하게 바꾼 뒤인데다, 설마 당당하게 관도를 이용하겠냐는 안일함이 뒤섞여 큰 어려움 없이 북경에 당도 할 수 있었다.

'이제부터가 문제로군. 북경에는 무림인은 거의 없지만 무인은 상당수 존재하기 때문에 조금만 사건을 일으켜도 금세 주목을 받게 된다고 하셨지?'

사부인 패마의 가르침을 떠올리는 도현.

패마가 도현에게 북경에 대해 설명을 하며 그곳이야 말로 용담호혈(龍潭虎穴)이라 불려야 하는 곳이라 했었다.

나라의 중심이자 황제가 기거하는 자금성이 있는 곳이기에 무림인들은 이곳을 거의 찾질 않지만, 반대로 북경엔 어떤 도시보다 많은 무인들이 존재했다.

관과 군에 몸을 담은 자들이다.

특히 군(軍)에 몸을 담은 자들이 익히는 군문(軍門)의 무공은 전쟁과 같은 상황에서 최고의 힘을 발휘하는 무공이다.

빠르고 신속히 사용할 수 있도록 만들어져 있어, 개개인의 기량이 약하다는 단점이 있지만 전쟁터에서 오랜 시간 살아남은 자들이라면 꼭 그렇지도 않았다.

무수히 쌓은 전쟁의 경험과 실력은 어지간한 무림인들도 피할 정도로 강력함을 자랑한다.

일선에서 은퇴하여 황궁을 드나드는 자들이 무수히 많은 곳이 북경이니 당연한 일인 것이다.

하지만 정작 조심해야 할 것은 황궁의 무인들이었다.

황궁무예(皇宮武藝)를 익힌 그들의 강함은 무시무시할 정도인데다 황성에서 그들을 키우기 위해 투입하는 영약의 양도 엄청난 것이라 결코 쉬운 상대가 아니었다.

'더 무서운 것은 그들이 끝이 아니라는 거지. 진정 이곳에서 조심해야 하는 것은 환관!'

패마가 두고두고 조심하라고 할 정도로 환관은 무서운 존재들이다.

황성 안에서만 머무는 환관들은 크게 두려워할 필요가 없으나 황성 밖을 오가는 환관들은 열이면 열 전부 무공을 익혔다고 봐야 한다.

환관들이 익힌 무공은 그들만이 익힐 수 있는 것으로 그 것을 제대로 익힌 자들은 무림에서도 손에 꼽을 수 있는 강자가 될 수 있을 정도였다.

그나마 다행이라면 무공을 익힌 환관들이 밖으로 잘 나오지 않는다는 것이었다.

"도시에 들어가면 절대로 무공을 사용하면 안돼. 철저하게 기를 감춰야해. 알겠지?"

"응!"

해맑게 웃으며 대답하는 그녀의 머리를 쓰다듬으며 도현은 마음을 다잡고 북경으로 향한다.

과연 나라의 수도답게 거대한 성문이 두 사람을 반기고, 간단한 검문 절차를 밟은 뒤 도시에 들어설 수 있었다.

다른 도시라면 들어서는 즉시 호객꾼을 자처하는 아이들이 몰려들겠지만, 북경엔 그런 것이 없었다.

하지만 엄청난 인파의 사람들이 도시 입구에서부터 오가고 있었다.

"가자."

설하의 손을 잡고 도현은 녹원장이 있는 곳을 향해 움직인다.

녹원장에서 일하는 이들은 전부 이 장로가 직접 데리고 온 이들로 각자의 사연은 다르지만 이 장로에게 충성을 다하고 있다는 것은 같았다.

철저하게 일반 장원으로 보여야 했기에 무공을 전혀 모르는 이들로 이곳을 꾸렸고, 녹원장의 문을 두드리는 유학생들 역시 받았다.

관에 진출하는 것을 금했지만, 꼭 하고자 하는 이들이 있다면 장원에서 쫓아내는 형식으로 보내주기도 했다.

지금도 녹원장에는 근 백 명에 이르는 이들이 일을 하거나 공부를 하고 있었다.

"총관, 남은 자금이 얼마나 있지?"

"당분간 살림을 걱정할 정도는 아닙니다. 왜 그러십니까?"

늙은 총관은 갑작스레 물어오는 장주를 보며 고개를 갸웃거린다. 평소 장원의 자금에 대해선 크게 신경을 쓰지 않던 장주이기에 더욱 그러했다.

"내원의 손님이 크게 늘었으니 나가는 자금이 많을 것이 아닌가. 그래서 걱정되어 물었다네."

"아! 장주님께서 외부에 알려지지 않도록 일을 처리하

시라 하셔서 돈이 조금 더 들어가기는 합니다만, 그 정도
로 장원의 자금력에 문제가 생기지는 않습니다. 물론 이대
로 계속해서 돈이 들어가면 문제가 생길 것 같긴 합니다
만……."

"그런가. 알겠네. 당분간 계속해서 부탁하네."

"최선을 다하겠습니다."

고개를 숙이며 집무실을 빠져나가는 총관을 보며 이 장
로는 한숨을 내쉰다.

천마성에서 받는 녹봉의 대부분을 장원을 위해 투자를
했기 때문에 지금에 이르러선 장원 혼자서도 충분히 여러
가지를 꾸려 나갈 수 있을 정도로 독립했지만, 갑작스레
인원이 크게 늘어났기에 이런저런 문제가 많을 것이었다.

총관은 아무렇지 않은 듯 말했지만 문제가 없을 리 없다.

"만금상단주를 찾아야 하는 건가…… 자금이 제일 문제
로군."

얼굴을 찡그리는 그.

당장 장원을 유지하는 것도 문제지만 앞으로 흩어진 일
행을 다시 불러 모으기 위해서라도 막대한 자금을 필요로
했다.

천하전장을 관리하던 마 당주가 함께 있기에 자금에 대
해선 큰 문제가 없을 것이라 생각했건만, 문제가 터진 것
은 바로 며칠 전이었다.

"하필이면……."

얼굴을 구기는 이 장로.

천하전장을 운영하며 마 당주가 쌓아 놓은 비자금은 엄청난 수준이었다. 게다가 백도맹과 사황성의 손길이 뻗기 전에 재빨리 전장의 재산을 처분하여 가지고 있는 돈까지 합친다면 어마어마한 양이었다.

문제는 그렇게 막대한 자금을 두고서도 이용을 할 수가 없다는 것이었다.

다른 사람의 이름을 이용하여 믿을 수 있는 전장에 맡겨 놓았는데, 백도맹과 사황성이 눈에 불을 밝히고 자금의 흐름을 추적하고 있었던 것이다.

금액이 조금만 크다 싶으면 일단 조사를 하고보니 쉽게 돈을 빼 쓸 수도 없었다.

자금의 대부분을 각 전장에 분산시켜 놓은 상태라 눈앞에 두고서도 사용을 할 수 없는 웃지 못 할 사태가 벌어진 것이다.

"어렵군."

톡, 톡.

손가락으로 연신 책상을 두드리는 그.

그가 가지고 있는 자금 역시 제법 되기는 했지만, 그것으로는 장원을 유지 할 수 있는 수준 밖에 되질 않는다.

아쉽게도 이 장로는 금화상단의 존재를 모르고 있었다.

144 천마비상4

금화상단의 존재에 대해 아는 것은 패마와 일 장로 그리고 도현뿐이었기에 당연한 일이었다.

마 당주와 재회했기에 패마로서도 금화상단에 대한 이야기를 당장 할 필요가 없어서 뒤로 미루었지만, 상황이 이렇게 된 것과 거의 동시 패마 역시 쓰러졌다.

벌써 며칠 째 패마는 제 정신을 유지하지 못하고 있었다.

만약 이런 상황을 그가 알았다면 말하는 것이 어렵다 하더라도 금화상단에 대한 것을 말해 주었을 테지만, 이젠 그럴 수가 없었다.

깊은 고민을 하고 있을 때 총관이 들어와 말했다.

"장주님 손님이 찾아오셨습니다."

"손님? 어지간한 손님은 전부 거절하라 하지 않았나."

그 말에 총관은 어색하게 웃으며 그에게 서신을 하나 내밀었다.

"그렇게 말을 했습니다만, 이것을 전해주면 반드시 만나 주실 것이라며 붙드는 통에……."

"후…… 대체 누군지."

그렇지 않아도 복잡한 머릿속에 손님이라니 마땅치 않은 일이었지만, 총관에게서 서찰을 건네받아 펼친다.

"이, 이건!"

깜짝 놀라며 벌떡 일어선 그가 재빨리 밖으로 뛰쳐나갔고, 놀란 모습으로 총관이 그 모습을 지켜본다.

평소 느긋하고 빠르게 움직이는 법이 없던 장주였기에
크게 놀란 것이다.

다급히 밖으로 뛰어나온 그는 쉬지 않고 뛰어 정문에 도
달했고, 그곳에 서 있는 일남일녀를 볼 수 있었다.

분명 처음 보는 얼굴들이다.

하지만 사내에게서 더 없이 익숙한 기운이 흘러나오고
있었다.

그가 웃으면서 말했다.

"오랜만에 뵙습니다. 이 장로님."

슥.

떨리는 손으로 메마른 패마의 손을 붙잡는 도현.

흔들리는 두 눈동자가 도현이 지금 얼마나 심경의 변화
가 많은 지를 단적으로 보여준다.

말없이 패마의 손을 잡고 쓰다듬는 그.

그 모습을 보고 있던 이 장로와 오 장로가 조용히 방을
나간다.

두 사람만이 남은 방에 정적이 감돈다.

묵묵히 있던 도현이 곧 자리에서 일어서더니 패마의 몸
구석구석을 주무르기 시작했다.

정성을 들여 구석구석 빈 곳이 없을 정도로 그의 손이
움직인다.

146

일절 내공을 사용하지 않았기에 어느새 도현의 이마 위
엔 구슬땀이 흘러내리지만 멈추지 않는다.

무려 한 시진에 걸친 안마를 마친 도현이 다시 자리에
앉아 패마의 얼굴을 바라본다.

창백한 얼굴과 몰라볼 정도로 말라버린 몸.

가만히 서 있기만 해도 주변을 장악하던 그의 기운은 이
젠 조금도 느껴지지 않는다.

'정말로…… 내공을 잃어버리셨구나.'

꾸욱!

피가 통하지 않을 정도로 강하게 쥔 주먹.

이 모든 것이 자신의 탓인 것만 같아 너무나 슬픈 도현
이다.

중원을 호령하고 있어야 할 사부가 이리 되고, 사부가
피땀을 흘려 세운 천마성은 무너졌다.

주륵-.

숙인 고개.

흐르는 눈물.

소리 없이 운다.

그날부터 도현은 패마와 함께 생활을 하며 모든 수발을
직접 들었다.

뿐만 아니라 시간이 날 때마다 이 장로, 오 장로와 함께

앞으로의 일을 계획하곤 했다.

도현의 합류로 숨통이 가장 크게 트인 것은 역시 자금이었다.

금화상단에 대한 것과 하 당주, 아니 이젠 하 외총관에 대한 것을 이야기 해주었기에 얼마 지나지 않아 금화상단과 긴밀한 연락을 주고받을 수 있었다.

도현이 북경으로 움직이는 동안 하 외총관이 금화상단의 주인으로 완벽하게 자리를 잡았던 것이다.

뿐만 아니라 상단의 정보망을 이용하여 이곳저곳에 흩어져 있던 천마성 무인들을 은밀하게 지원하며 칠 장로인 거력마웅이 숨어 있는 구룡무관으로 집결시켰다.

조금만 낌새가 이상해도 일을 접어버릴 정도로 철저하게 진행을 한 덕분인지 백도맹과 사황성의 눈을 피할 수 있었다.

중간에 설하가 심심하다고 짜증을 부렸지만 도현의 달램에 겨우겨우 고개를 끄덕이며 이젠 곧잘 혼자서 장원을 둘러보곤 했다.

그러던 날이었다.

여느 날과 마찬가지로 패마의 몸을 주무르던 그의 손을 패마가 잡아왔다.

"사, 사부님!"

"도, 돌아…… 왔…… 구나."

148 천마비상4

주륵-.

도현의 얼굴을 본 패마의 눈에서 눈물이 흘러내린다.

재빨리 사부의 눈에 고인 눈물을 닦아내며 그의 손을 잡는 도현.

"수…… 고… 많았…… 다."

"사부님…… 크흑……!"

어떠한 질책도 탓도 하지 않는 사부를 보며 도현은 결국 눈물을 흘려야 했다.

그런 제자의 모습을 패마는 웃는 모습으로 그저 지켜만 본다.

한참의 시간이 흐르고 나서야 감정을 추스른 도현은 패마의 얼굴을 보며 말했다.

"이 못난 제자로 인해 고생이 심하셨습니다, 사부님. 늦었지만 사부님께서 이룩하신 모든 것을 다시 원래대로 돌려놓겠습니다. 두 번 다시 이런 식으로 무너지지 않을!"

진심이 느껴지는 도현의 말에 패마는 작게 웃으며 힘들게 입을 열었다.

"되…… 었다. 네, 네가…… 하…… 고 싶은…… 것을…… 해라. 무…… 너진 것에… 집착…… 을 가질 필…… 요는 없…… 다."

"허나!"

슬며시 고개를 내젓는 패마.

패마 역시 자신의 몸이 이렇게 되고 난 뒤 수많은 생각을 했었다. 또한 많은 계획을 세웠지만 이렇게 멀쩡히 돌아온 제자를 보니 모든 것이 부질없다고 여겼다.

"새.. 술은…… 새 부대에…… 담… 는 법."

말을 하는 것조차 힘들어하면서도 패마는 계속해서 도현에게 자신의 생각을 그대로 전달했다.

무너진 천마성에 집착을 하는 것은 무한한 성장 가능성을 지니고 있는 도현에게 불필요한 것이었다.

천마성이란 존재가 든든한 울타리가 되어야 할 텐데 반대로 도현의 성장 가능성의 싹을 잘라버릴 수도 있게 되는 것이다.

그럴 바에는 차라리 도현의 가능성을 믿고 처음부터 새로이 시작하는 것이 나았다.

패마의 말을 전부 전해들은 도현은 마지못해 고개를 끄덕였다.

천마성은 도현이 평생을 살아오고 자란 곳이었다.

그런 곳을 이렇게 쉽게 포기 한다는 것은 있을 수 없는 일이었다.

그러면서도 사부의 말이 옳다는 것을 느끼고 있었다.

이미 천마성의 모든 것이 무너졌다.

마인들은 뿔뿔이 흩어졌고 그들을 한 자리로 모을 수 있는 본거지 역시 무너졌다.

천마성의 마인들에게 많은 지지를 받고 있었던 도현이지
만 그것은 어디까지나 그의 뒤에 패마가 있기 때문이었다.

패마가 아무런 힘을 쓸 수 없는 지금. 목숨을 걸고 도현
을 따를 수 있는 마인이 얼마나 될 것인지는 전혀 알 수 없
는 일이었다.

'하지만…….'

점점 머릿속이 복잡해지자 절로 얼굴이 찡그려진다.

그 모습을 본 패마가 힘겹게 입을 연다.

"무…… 엇이든…… 하나…… 씩. 쌓다보…… 면……
될…… 것이다."

"……알겠습니다, 사부님."

사부의 가르침에 고개를 숙이는 도현의 얼굴은 어느새
편안해 보인다.

확실히 지금 여러 가지 고민을 해봐야 되는 것이 없는
상황이다. 그럴 바에는 당장 할 수 있는 일을 하나씩 하는
수밖에 없다.

그렇게 하나씩 해결을 하다보면 언젠가 자신이 원하는
바를 이룰 수 있게 될 것이다.

지금까지 그렇게 해왔으니 앞으로라고 해서 다를 것은
없다.

작지만 큰 가르침에 지금까지의 고민이 마치 바보처럼
느껴지고 있었다.

"피곤…… 하구나……."

그 말과 함께 패마는 다시 잠이 들었다.

지금까지 말을 한 것만 하더라도 그의 입장에선 무척이나 많은 힘을 소모한 것이다.

그것을 눈치 챈 도현은 조심스레 패마의 팔목을 잡고 내공을 흘려 넣지만, 굳어버린 패마의 혈맥들은 내공을 조금도 받아들이지 못하고 있었다.

바로 얼마 전까지만 해도 미미하긴 하지만 내공을 받아들였던 것이 이젠 아무런 반응이 없다.

그것이 무엇을 의미하는 것인지 잘 알고 있는 도현의 얼굴이 굳어진다.

"사부님을 어떻게든 할 방법이 없겠습니까? 본래의 실력을 찾지 못한다 하더라고 건강한 육체로 돌아갈 방법은 없습니까? 오 장로님."

도현의 마음이 담겨있는 말에 마선의는 안타까운 얼굴로 고개를 흔들었다.

"내가 알고 있는 어떠한 의학으로도 성주님의 몸을 고칠 수 없단다. 지금까지 나도 방법을 찾기 위해 부단히 노력을 했지만 이젠 너무 늦어버렸어."

쓰게 웃는 마선의.

"영약으로도 안 되는 겁니까?"

"내상을 입은 직후라면 모르겠으나, 지금은 이미 늦었다. 혈이 굳었을 뿐만 아니라 기운을 흡수하질 못하고 있다. 이대로라면 조만간 단전이 깨져버릴 확률이 높다."

"단전이……."

"그래. 기를 받아들임으로서 유지가 되는 단전이 기를 받아들이지 못하고 있음이니 유지가 될 수 있을 리가 없지. 게다가 지금 성주님의 몸에는 내공이 없는 것이나 마찬가지니 어떻게 본다면 지금까지 단전이 유지되고 있는 것이 더 신기할 지경이지."

"단…… 전이 깨지면 어떻게 됩니까?"

떨리는 목소리로 묻는 도현에게 마선의는 대답하지 않았다. 도현이 그 결과를 모를 리 없기 때문이다.

도현 역시 대답을 바란 것이 아니었기에 방에는 금세 침묵이 맴돈다.

길고 긴 침묵을 깬 것은 문을 열며 들어온 설하였다.

"심심해!"

심심해를 외치며 방에 들어온 그녀는 연신 도현의 곁에 앉아 이런저런 장난을 쳤고, 도현은 쓰게 웃으며 그것을 받아 준다.

그 모습을 유심히 보고 있던 마선의가 물었다.

"충격으로 인해 기억이 없다고 했었나?"

153

"예. 퇴행을 한 것 같기는 한데…… 확신 할 수는 없습니다."

"흠, 네가 그렇게 판단을 했다면 정확한 것이겠지. 치료는?"

"당시엔 가지고 있는 것이 없어서 확실하게 해본 적은 없습니다만, 아무래도 좋은 영향을 끼칠 것 같지는 않아서 포기했습니다. 자연스럽게 기억이 돌아오는 것이 제일 좋지 않겠습니까?"

"그거야 그렇지. 하지만 그녀가 기억이 돌아온다면 우리의 행적이 밝혀지는 것과 마찬가지 일 텐데?"

이미 설하의 정체에 대해 이야기를 다 털어놓은 뒤였기에 마선의의 물음은 당연하다면 당연한 것이었다.

그녀는 어디까지나 혈교의 인물.

그것도 꽤 높은 자리에 있었던 것으로 추정되는 만큼 기억이 돌아온 뒤에 어떤 일을 벌일 것인지 예측하기 어려웠다.

지금의 모습에 정이 들어버린다면 나중 기억을 되찾고 난 뒤 서로 검을 겨누게 되었을 때 과연 단번에 그녀의 목을 칠 수 있을 것인지도 의심스럽다.

"일단은 믿고 있는 수밖에요."

"그래, 너라면 알아서 하겠지."

말과 함께 자리에서 일어서는 마선의.

"지금은 네가 할 수 있는 일에 집중해라. 나머지는 내가 어떻게든 할 테니."

"감사합니다."

툭툭.

고개를 숙이는 도현의 어깨를 두드린 그는 곧장 방을 나갔다. 그러자 설하가 기회는 이때라는 듯 도현의 팔에 매달린다.

근 한 달을 장원에서 벗어나지 못하고, 놀아주지도 않았으니 그녀도 나름대로 쌓인 것이 많을 터였다.

특히 이곳까지 오는 동안 거친 도시의 시장에서 먹는 음식들에 맛을 들인 그녀였기에, 더욱 그랬을 터였다.

"그래, 나가자. 그 전에 역용술 펼치는 것 잊지 말고."

"만세!"

두 팔을 높이 들며 좋아하는 설하.

그리곤 기다렸다는 듯 도현이 가르쳐준 역용술을 능숙하게 펼쳐 얼굴을 변화시킨다.

아름답던 그녀의 얼굴은 어디로 가고 어디선가 본 듯한 인상을 풍기는 평범한 얼굴로 바뀌어 있었다.

그렇다고 해서 타고난 몸매가 어디로 가는 것은 아니지만 얼굴을 바꾸는 것만으로도 그녀의 전체적인 인상이 많이 달라져 있었다.

도현 역시 거기에 맞추어 평범한 얼굴로 바꾸고는 간단

한 채비를 갖추어 밖으로 향했다.

북경은 나라의 수도답게 거대한 규모를 자랑한다.

도시의 가운데에 자리를 잡은 자금성을 중심으로 엄청
난 규모를 자랑하는 도시였는데, 도시 전체의 인구수를 쉽
게 예측하기 어려울 정도였다.

뿐만 아니라 하루에도 수만에 이르는 사람들이 이곳을
거쳐 지나가다보니 북경 전체가 들썩거릴 지경이었다.

그렇다고 북경 전체가 시끄러운 것은 아니다.

자금성을 중심으로 남쪽과 동쪽으로만 시끄럽고 북쪽과
서쪽은 조용하기 그지없다.

이유는 간단했다.

북쪽과 서쪽에는 막강한 권력을 지닌 귀족들이 많이 기
거하는 곳이기 때문이다.

그에 반해 남쪽과 동쪽은 비교적 자유로운 곳이다보니
자연스럽게 수많은 상인들과 북경에 볼일이 있어 들린 이
들이 찾는 곳이 되어버렸다.

도현과 설하가 있는 시장 역시 마찬가지였다.

북경 전체 시장의 규모로 본다면 작은 곳이었지만 이제
까지 거친 어떤 도시의 시장보다 크고 화려했다.

곳곳에서 호객행위가 일어났고, 수많은 사람들이 물건
을 사기 위해 돌아다닌다.

그중에는 설하처럼 양손에 먹을 것을 잔뜩 지니고선 먹는 것에 정신이 팔린 이들도 없잖아 있었다.

아구아구!

정신없이 먹어치우는 그녀를 보며 도현은 믿을 수 없다는 얼굴로 고개를 흔든다.

시장에 온지 한 시진 밖에 되지 않았건만 그녀가 먹은 음식은 어지간한 사람은 이틀은 족히 먹고도 남을 만큼 엄청난 양이었던 것이다.

그런 것을 저 작은 체구에서 아무런 티도 없이 저렇게 먹고 있다는 것이 쉽게 이해되지 않는다.

설하처럼 먹고 있는 자들 대부분이 덩치가 큰 것이 더욱 그녀를 신기한 눈으로 바라보게 만든다.

순식간에 손에 들고 있던 음식을 다 먹어치운 그녀가 당연하다는 듯 도현의 팔에 매달려 온다.

풍만한 그녀의 가슴이 팔에 닿으며 느껴지는 아찔함도 이제는 익숙해졌는지 무덤덤하다.

"이제 뭘 하고 싶어?"

"음……."

도현의 말에 주변을 둘러보며 고민하던 그녀의 눈에 장신구를 파는 가게에 보인다.

"저기!"

강제로 도현을 이끌고 들어간 가게에는 수많은 물건들

이 진열되어 있었는데, 대부분이 여자들의 장신구라 연인들로 보이는 이들이 다수 있었다.

몸은 성숙하지만 정신은 어린 아이이기에 설화가 보는 물건들은 아이들이 좋아하는 장신구들이었지만 그마저도 어울리니 참 아이러니하다.

물론 역용술을 펼치고 있는 지금 얼굴에는 크게 어울리지 않겠지만 그녀의 본래 얼굴이라면 그것이 무엇이든 어울리지 않겠는가.

다른 것은 몰라도 미모로만 따진다면 중원에서도 손에 꼽을 수 있을 정도로 대단한 미모를 지닌 것이 그녀다.

짤그락.

손에 든 꽃 장신구를 연신 바라보며 좋아하는 설화를 보며 웃는 도현.

워낙 마음에 들어 하는 것 같아 도현이 선물하는 셈치고 하나 사주었던 것이다.

"마음에 들어?"

"응!"

돌아보지도 않고 장신구에 눈을 집중한 채로 대답을 하는 모습에 다시 한 번 웃음을 터트리곤 도현은 설화와 함께 장원으로 돌아왔다.

장원은 여전히 조용했다.

외원에선 공부를 하는 자들로 가득해서 조용했고, 아무나 들어 갈 수 없는 내원의 경우 담을 넘는 즉시 숨어 있는 무인들이 제압을 하게 되어 있었다.

내원을 둘러싸는 거대한 진법과 기관이 설치되어있어 만약의 사태에도 능히 대비 할 수 있는 곳이었다.

"다녀오셨습니까. 장주님께서 찾으십니다."

때마침 내원으로 들어서던 총관이 도현을 보며 말했고, 도현은 설화를 방으로 안내해줄 것을 부탁하곤 이 장로가 있는 집무실로 향했다.

집무실에 도착하자 이 장로와 오 장로가 먼저 자리에 앉아 차를 마시며 이야기를 하고 있는 와중이었다.

"부르셨습니까?"

"음."

고개를 끄덕이며 자리를 안내하는 이 장로.

잠시 후 도현의 앞에 찻잔이 놓이고 나서야 이 장로는 입을 열었다.

"본래 네가 오기 전까지는 우리끼리 어떻게 해서라도 흩어진 사람들을 불러 모아 천마성을 다시 일으킬 생각이었다만, 네가 무사히 돌아온 이상 그럴 필요가 없을 것 같구나."

가볍게 차를 머금은 뒤 찻잔을 내려놓은 월영마검은 자신을 바라보고 있는 도현의 눈과 시선을 마주했다.

"이미 무너져버린 천마성이다. 성주님께서 어떻게 생각을 하시고 계신지 모르겠으나 우리와 크게 다른 생각을 하고 계시지 않을 것이라 생각한다. 바닥에서 새로이 시작해야 하는 지금이니 처음부터 차근차근 네가 원하는 대로 돌을 쌓는 것이 옳다고 생각한다. 게다가…… 네 스스로 천마(天魔)가 될 것이라 선언했다지?"

"그, 그것은……!"

갑작스런 월영마검의 말에 도현은 깜짝 놀라면서도 부정하지는 않았다.

빨갛게 달아오른 도현의 얼굴을 보며 평소 표정 변화가 거의 없던 월영마검의 얼굴 위로 미소가 떠오른다.

"너라면 충분히 그럴만한 자격이 있을 것이다. 무엇을 감추고 있는 것인지 알 수 없지만…… 지금 네 실력은 분명 나를 상회하고 있겠지. 어쩌면…… 전성기 시절의 성주님과 맞먹을 수 있을 정도로. 그렇지?"

진지한 월영마검의 말에 도현은 호흡을 가다듬으며 천천히 지금까지 자신에게 벌어졌던 일들을 설명하기 시작했다.

소진을 구하기 위해 혈교의 함정에 빠져든 것에서부터 무황의 무공을 얻은 것까지.

그리고 현재 자신이 가진 힘이 얼마나 되는 것인지 모른다는 것도.

"소면마살과 패력사왕을 상대하긴 했지만, 아직까지 감

이 잘 안 잡히는 것이 사실입니다. 다루기 힘든 힘이다 보니 몸에 걸리는 부하도 적잖아서 부담이 되기도 하고……."

"흠…… 그렇다면 비무를 해보는 것이 어떻겠느냐?"

"비무…… 말입니까? 누구와?"

도현의 물음에 월영마검은 당하다는 듯 자리에서 일어서며.

"네 실력을 감당 할 수 있는 사람이 많다고 생각하느냐?"

☾

장원의 지하에는 땅을 깊이 파고들어가 만들어 놓은 거대한 연무장이 자리를 잡고 있었다.

대체 어떻게 만든 것인지 궁금할 정도로 거대한 규모를 자랑하는 그곳에 도현과 이 장로 월영마검이 마주 섰다.

서로의 손에 들린 가검.

날을 세우지 않은 검이라곤 하나 쇠로 만들어져 있기에 두 사람의 실력이라면 능히 상대의 목숨을 해칠 수도 있는 무기였다.

아니, 손에 무엇이 들려있건 두 사람의 실력이라면 어지간한 보검 이상의 힘을 발휘할 것이 분명했다.

"전력을 다해야 할 것이다. 앞으로 무엇을 하든 나와 오장로의 협력을 전폭적으로 받고 싶다면 이 비무에서 승리를 얻어야 한다. 만약 패할 경우에는 우리는 최악의 경우 독자 노선을 걸을 것이다."

단호한 이 장로의 얼굴을 보며 도현은 고개를 끄덕였다.

천마성을 다시 일으키는데 반드시 필요한 것이 눈앞의 두 장로의 협력이었다.

칠 장로인 거력마옹의 협력 약속은 이미 받았으니 이제 눈 앞의 두 사람에게만 협력 약속을 받아 낼 수만 있다면 그 뒤는 보지 않아도 탄탄대로가 될 터였다.

뿐만 아니라 저들을 끌어 들임으로서 전통성까지 확고하게 얻을 수 있게 된다.

도현 역시 천마성의 소성주로서 전통성을 지니고는 있지만 천마성이 무너진 결정적인 역할을 하는 바람에 미흡한 점이 없잖아 있었다.

'한 입으로 두 말을 하시는 분들이 아니니 내가 진다면 정말로 다른 길을 걸으시겠지.'

이 장로인 월영마검의 성격은 오래전부터 알고 있었다.

절대 허언을 하는 법이 없는 그의 성격은 그것이 무엇이든 일단 입 밖으로 꺼낸 것이라면 반드시 스스로 해결을 하고야 마는 사내였다.

스릉-.

"자…… 시작해 보자."

검을 꺼내며 말하는 월영마검을 향해 도현은 고개를 끄덕이며 검을 뽑아 들었다.

검을 꺼내드는 그 순간 지하 연무장에 팽팽한 긴장감이 서리기 시작했다.

진심으로 승부를 가리기 위한 싸움이기에 처음부터 전력을 다하려는 것이다.

그렇게 긴장이 이어지던 때 먼저 움직인 것은 이 장로였다.

팟!

신기루처럼 순식간에 그의 신형이 흩어지더니 도현의 등을 붙잡으며 검을 휘두른다!

갑작스런 공격임에도 불구하고 도현은 침착하게 반보 앞으로 내짚으며 재빨리 몸을 회전시키며 검을 치켜들었다.

카앙-!

날카로운 소리와 함께 손바닥으로 전달되는 묵직한 느낌!

비무의 시작이었다.

쩡!

귀를 때리는 굉음과 함께 손바닥이 찢어질 정도의 고통이 온 몸으로 전달된다.

검을 타고 전해지는 강렬한 힘에 당장이라도 검을 놓아 버리고 싶지만 도현은 재빨리 몸을 작게 뒤틀며 힘을 해소 시킨다.

그와 동시 비어있는 왼손을 재빨리 이 장로를 향해 뻗었 지만 이미 예측이라도 하고 있었던 듯 유유히 피해내는 그.

"큭!"

짧게 이를 악물며 도현은 이 장로를 향해 달려간다.

츠츠츠.

잔상을 남길 정도로 빠르게 쇄도하는 도현의 움직임 에 이 장로 역시 전력으로 몸을 움직이기 시작했고, 얼마 지나지 않아 두 사람의 신형이 연무장에서 사라져 버렸 다.

카캉! 깡–!

어지러이 이곳저곳에서 들려오는 소리가 두 사람이 치 열하게 검을 주고받고 있다는 사실만을 알린다.

지하를 밝히기 위해 벽 곳곳에 걸린 횃불들이 제 모습을 유지 못하고 사방으로 흔들릴 정도로 연무장 전체를 사용 해 움직이고 있는 두 사람.

눈이 돌아갈 정도로 빠르게 움직이는 와중에도 도현의 시선은 정확하게 이 장로를 바라보고 있었다.

그것은 이 장로 역시 마찬가지다.

단 한 순간의 틈으로 승부가 갈릴 수도 있는 상황이지만 어딘지 모르게 여유로운 도현과 달리 이 장로의 얼굴은 굳어 있었다.

"흡!"

짧게 숨을 들이쉰 도현은 서서히 내공을 끌어올리기 시작했다.

온 몸에서 막대한 기운이 느껴지며 순식간에 손에 든 검으로 몰리는 내공.

우웅-!

갑작스런 내공의 운용에 검이 가볍게 떨며 검강(劍罡)을 피워 올린다.

너무나 편하게 뽑아내는 것이 내공을 이용해 억지로 만들어내는 것이 아닌, 실력에 의해 만들어 내는 진짜 강기였다.

이 장로 역시 강기를 뽑아낸다.

그 역시 천마성에서 실력으로 이 장로의 자리를 차지한 사람이었기에 실력으로만 본다면 누구에게도 쉽게 밀리지 않을 자신이 있었다.

콰앙-!

두 사람의 검이 부딪치자 이제까지완 비교 할 수 없는 굉음과 힘의 파동이 온 사방으로 퍼진다.

우르르르……!

지하에 만든 연무장이기에 은은하게 흔들리며 천장에서 먼지가 떨어져 내린다.

하지만 두 사람은 전혀 신경 쓰지 않고 연신 검을 휘두른다.

예리하게 날아드는 이 장로의 검.

날카로우면서도 끝없는 변화를 선보이는 그의 검은 상대의 눈을 현혹하며 순식간에 목을 베어버리곤 했지만, 도현에겐 통하지 않았다.

침착하게 눈으로 검의 궤적을 따라가며 대응을 한 것이다.

초인적인 시력과 반사신경을 요구하는 일이지만 도현에겐 간단한 일이었다.

반대로 자신의 공격이 막히고 반격을 당하는 이 장로는 당혹스럽기 그지없었다.

자신보다 강할 것이라 생각은 했지만 설마하니 이렇게까지 해낼 것이라곤 생각지도 못했던 것이다.

무공을 익힐 수 없어 매일매일 천마성에 존재하는 수많은 책을 읽기만 하던 도현이 무공을 익힐 수 있게 된 날부터선 엄청난 재능을 드러내며 무서운 속도로 성장했었다.

언젠가 자신을 능가하고 천마성의 미래를 책임질 수 있을 것이라 생각했지만, 그것이 지금이 될 것이라 예상지 못했다.

한번 두 번.

검이 부딪칠 때마다 검을 통해 들어오는 도현의 내공은 이 장로의 실력으로도 쉽게 해소 할 수가 없었다.

점점 축적되는 상처.

"최선을 다해봐라!"

검을 휘두르며 버럭 소리를 내지르는 이 장로!

그에 도현은 온 몸의 기운을 끌어 올렸고, 지하 연무장 전체에 도현의 마기가 가득 들어찬다!

우오오오!

거대한 기의 소용돌이!

머리가 아플 정도로 강대한 마기!

평생을 마공과 함께 해온 이 장로마저도 이 정도로 위압적이고 진한 마기를 경험한 기억이 없었다.

심지어 패마에게서도 느껴보지 못한.

"천마라…… 좋은 이름이다."

검을 내려놓으며 이 장로는 웃었다.

天魔花上 6章.

6 章.

　"천룡검문(天龍劍門)이라는 곳이 있다. 백도맹에 소속
되어 있는 중소문파들 중에서도 가장 큰 문파 중의 하나인
데 백도맹 소속의 중소문파를 관리하는 놈들 중에 하나
지."

　"중소문파라곤 하지만 소속된 인원이 무려 이천이 넘는
대형 문파다. 물론 쓸만한 인원은 그리 많지 않지만."

　월영마검과 마선의가 연달아 말을 하자 도현은 고개를
끄덕이며 눈앞에 펼쳐진 지도를 살핀다.

　천룡검문은 도현의 첫 번째 공격 대상이었다.

　북경에서 빠르게 움직이면 오일이면 도착 할 수 있는데
다, 백도맹에 작지만 타격을 줄 수 있는 문파였다.

도현은 조용히 움직이며 흩어진 장로들과 천마성 무인들을 모으려고 했지만, 이 장로인 월영마검이 반대했다.

이럴 때일수록 소란을 피워 숨어든 천마성 무인들에게 도현이 살아있음을 알림과 동시에 백도맹과 사황성의 눈을 도현에게 집중시킴으로서 흩어진 이들이 움직일 수 있는 시간을 주는 것이 훨씬 더 나았다.

이런 이 장로의 설명에 도현은 당연히 찬성을 했다.

이러는 편이 훨씬 더 빠르게 모두를 모을 수 있는데다, 천마성이 아직 무너지지 않았음을 보여 줄 수 있기 때문이다.

그렇게 이야기가 흘러가고 얼마 지나지 않아 첫 번째 공격대상으로 천룡검문을 선택한 것이다.

천룡검문은 이 장로와 오 장로의 말처럼 인원은 이천이나 되는 엄청난 규모를 자랑했지만, 뛰어난 실력을 지니고 있는 인원은 그리 많지 않았다.

하지만 그 인원수로 인해 백도맹 중소문파의 대표 중 하나가되어 그들의 의견을 위에 전달하는 역할을 하고 있었다.

백도맹 전체로 본다면 그리 중요한 전력은 아니지만, 도현에겐 자신이 살아있음을 알릴 수 있는 좋은 먹잇감이었다.

"이번 일에는 되도록 전력을 투입하지 않을 생각이다. 네 실력이라면…… 충분하겠지."

"혼자 다녀오는 것이 더 편합니다."

"음."

고개를 끄덕이는 이 장로.

도현이 소란을 일으키며 모두의 시선을 집중시키면 그 빈틈을 타고 이곳에 있는 천마성 무인들을 모두 구룡무관으로 옮길 계획이었다.

숨어 있는 데엔 북경만큼 편한 곳도 없지만, 앞으로의 일을 생각한다면 아무래도 이곳에 오래 머무는 것은 좋지 않기 때문이었다.

구룡무관은 현재 누구도 사용하지 않고 있었고, 사람들의 시선에서도 벗어난 곳이니 만큼 활용하기 딱 좋았다.

게다가 무한은 중원의 중심과 비슷한 위치에 있으니 어디든 빠르게 움직일 수 있다는 장점도 있었다.

물론 나중에는 본성을 다시 세워야 하겠지만 임시적으로 사람들의 눈을 피해 사용하기엔 구룡무관보다 적격인 곳이 없을 정도였다.

"이동을 위한 준비는 이미 갖추어져 있으니, 주변의 눈이 없어지는 즉시 이동하기 시작할 것이다."

이 장로의 말에 도현은 고개를 끄덕이며 말했다.

"눈이 줄어들긴 하겠지만 완전히 사라지는 것은 아니니 최대한 조용히 움직이셔야 합니다. 만약 들통이 난다면……."

"알고 있다. 희생을 치르더라도 구룡무관에 대한 것은 감추어야 하겠지."

"최악의 경우엔 어쩔 수 없는 일이니까요."

고개를 끄덕이는 이 장로와 오 장로를 보며 도현은 손가락으로 천룡검문을 가리킨다.

"전 이곳을 공격한 뒤에 모습을 감춘 뒤 그 주변을 둘러볼 생각입니다."

"그건 괜찮지만 되도록 빨리 돌아와야 할 것이다."

"다음 달 보름을 넘기지 않을 겁니다."

도현의 확답에 그제야 이 장로는 고개를 끄덕이며 자리에서 일어섰다.

"언제 출발할 생각이냐?"

"사부님만 뵙고 바로 출발하겠습니다."

파바밧!

당당하게 북경을 벗어나 한참을 걸은 도현은 한적한 곳에 도착하자 곧장 관도를 벗어나 험준한 산길을 타고 빠른 속도로 움직이기 시작했다.

"꺄하하하!"

천진난만하게 웃으며 도현과 경쟁이라도 하듯 착 달라붙어서 달리는 설하.

본래 도현 혼자만 움직일 계획이었지만 도현과 떨어지

지 않으려는 그녀 때문에 어쩔 수 없이 함께 움직이는 것으로 계획을 바꿀 수밖에 없었다.

그녀의 실력 또한 대단한 것이니 제 한 몸 건사하는 것 정도는 아무렇지 않게 할 수 있을 터다.

'어지간하면 떼어 놓고 싶지만……'

이번 일은 보통의 싸움이 아니다.

도현이 처음으로 먼저 싸움을 걸어야 하는데다, 천룡검문을 멸문에 가까운 타격을 입혀야 한다.

다시 말해…… 대규모 학살을 벌여야 한다는 것이다.

몸은 어른이지만 정신은 아이인 그녀를 데리고 간다는 것이 마음에 계속 걸리는 도현이다.

하지만 그렇다고 해서 이번 일을 포기 할 수도 없다.

이 계획이 얼마나 중요한 것인지는 도현 스스로 너무나 잘 알고 있기 때문이다.

세상에 흩어져 있는 백도맹과 사황성의 시선을 자신에게 집중시킨다면 숨어있는 천마성 무인들의 숨통이 트이게 될 뿐만 아니라 자신의 생존소식을 크게 알릴 수도 있다.

이로 인해 얻을 수 있는 것은 어마어마한 것이다.

특히 절망에 빠져 있을 천마성 무인들에게 희망을 주는 것은 무엇보다 중요했다.

다른 사람도 아닌 도현이기에 모두에게 줄 수 있는 희망 말이다.

'일단은…… 가보는 수밖에.'

두 사람의 신형이 빠른 속도로 남하한다.

백도맹 문파들이 구파일방과 오대세가를 중심으로 나뉘기 시작하자 중고문파들의 연합체 역시 서서히 균열이 가기 시작했다.

중소문파들 중 많은 문파가 구파일방이나 오대세가와 연줄을 대고 있었다.

그럴 수밖에 없는 것이 구파일방이나 오대세가 출신 무인들이 세운 문파들이 많다보니 자연스럽게 그들과 연줄을 가지게 되는 것이다.

그렇지 않은 문파들 역시 문파들 간의 싸움이나 영역다툼에서 좀 더 유리한 위치에 서기 위해서라도 그들의 밑으로 들어가는 편이었다.

말 그대로 작은 규모의 문파들이다 보니 어쩔 수 없는 일이었다.

그런 중소문파들 중에도 어디에도 속하지 않으면서 자신들만의 영역을 공고히 하고 있는 자들이 있는데, 그 중 하나가 바로 백룡검문이었다.

문파 소속인원만 이천이 넘는 엄청난 규모를 자랑한다.

오대세가의 수장이라는 남궁세가도 본가의 규모는 삼천을 넘지 않는다는 것을 생각해보면 엄청난 숫자였다.

물론 남궁세가의 삼천은 대다수가 정예로 쓸 수 있는 무인인데 반해, 천룡검문의 경우는 정예로 쓸 수 있는 무인은 겨우 오백 정도 밖에 되지 않지만 그렇다 하더라도 비정상적일 정도로 큰 규모였다.

하지만 그런 규모 덕분에 그들은 중소문파들 중에서도 강력한 발언권을 쥘 수 있었고, 많은 인원을 충분히 사용하여 문파를 유지할 수 있었다.

천룡검문은 백년을 넘게 이어온 문파다.

천룡검문의 개파조사인 천룡검 양문상은 당시 천하십대고수 중의 일인이었으나 그의 후대에선 그만한 실력을 지닌 이들이 나오지 않고 있었다.

그나마 현 문주인 정의검 양사경이 절정 이상의 실력을 자랑하며 힘을 쓰는 정도다.

그런 그의 집무실이 한 밤 중인데도 불구하고 환하게 불이 밝혀져 있다.

"후…… 어렵군."

눈이 아플 정도로 보고 있던 서류를 책상 위에 내던진 그는 손가락으로 머리를 꾹꾹 누른다.

백도맹 내부의 분열로 인해 천룡검문은 구파일방과 오대세가 양쪽으로부터 제의를 받고 있는 입장이었다.

중소문파들의 대변인과 같은 천룡검문이라면 중립을 지키고 있는 문파들을 끌어당기기에 충분한 미끼가 될 수 있기 때문이다.

그런 입장을 천룡검문주 역시 잘 알고 있었다.

다만 문제는 천룡검문의 결정은 천룡검문 만으로 끝나는 것이 아니라는 것이다.

이미 수많은 중소문파들이 양쪽으로 갈라섰고 남은 자들은 천룡검문의 지지를 등에 업고 중립을 지키고 있는 자들이다.

천룡검문의 선택은 곧 그들의 선택과 같은 것이다.

일의 중요성을 잘 알고 있기에 천룡검문주는 하루하루를 고민하며 살고 있었다. 뿐만 아니라 은밀하게 전달되는 구파일방과 오대세가의 전서뿐만 아니라 자신들을 따르고 있는 문파에서 올라오는 서찰들까지.

온 사방이 신경을 써야 하는 것들 투성이었다.

"잠시 쉬었다가 해야하나······."

지끈거리는 머리를 흔들며 책상 한쪽에 놓여 있던 종을 집어 흔들려던 그 순간이었다.

콰앙-!

굉음과 함께 땅이 흔들렸고, 곧이어 비상타종이 천룡검문 전체에 울려 퍼진다.

땡땡땡땡!

"적이다!"

"막아라!"

소란스러워지는 밖의 상황에 놀라며 그는 재빨리 벽에 걸려있던 자신의 검을 집어 들고 밖으로 향했다.

콰앙-!

굉음과 함께 단숨에 날아가는 천룡검문의 정문을 보며 도현은 쓰게 웃었다.

약하게 찬다고 찼는데 결과는 굉음과 함께 문이 거의 폭발하다시피 한 것이다.

"아직도 힘 조절이 잘 안되는 건가."

무황의 무공은 힘 조절을 하기 무척이나 어려웠다. 천재라 불러도 부족할 도현조차 애를 먹을 정도로.

"넌 여기를 지키고 있어. 누가 들어오거나 나가려고 하면 막으면 돼."

"응!"

도현의 말에 설화가 천진하게 웃으며 고개를 끄덕인다.

아무리 도현이라도 그녀를 데리고 전장 안으로 들어가는 것이 꺼려졌기에, 설화에게 정문을 지키는 임무를 준 것이다.

어지간한 실력으로는 설화에게 상처하나 남기기 어려울 테니, 충분히 그녀도 할 수 있는 일이었다.

슥슥.

가볍게 그녀의 머리를 쓰다듬은 도현은 천천히 발걸음을 천룡검문 안으로 옮긴다.

꽝음과 함께 검문 전체에 비상이 걸려 사방에서 종소리가 들려오고 정문을 향해 수많은 이들이 달려오고 있음을 느낄 수 있었다.

스르릉-.

검집을 뽑혀 나오는 도현의 검.

어느 곳에서나 쉽게 볼 수 있는 싸구려 장검이지만 이것만으로도 도현에겐 충분했다.

우우웅!

검 위로 솟아오르는 검기.

천마성의 미래를 생각하며 흔들리려는 마음을 다잡으며 도현은 두 눈을 감았다.

저벅저벅-.

눈을 감은 채 걸어가던 도현이 눈을 뜨자…… 그의 몸 주변으로 선명한 마기가 솟아오르기 시작했다.

"오늘! 천룡검문은 사라질 것이다!"

단호한 외침과 함께 이곳으로 달려오고 있는 천룡검문의 무인들을 향해 도현이 달려든다.

서걱-.

날카로운 소리와 함께 손을 통해 느껴지는 죽음의 촉감.

피부를 베고, 뼈를 가르는 촉감은 점점 무덤덤해진다.

첫 살인 때의 충격은 어디로 간 것인지 이젠 죽음에 무덤덤해진 도현의 검이 연신 사방을 휘젓는다.

푸확!

하늘로 솟아오르는 피.

도현의 몸에서 흘러나오는 진득한 마기가 쏟아지는 피와 뒤섞이며 질척한 느낌을 준다.

마치 지옥에서 올라온 듯한.

"적은 한 명이다!"

"어떻게든 붙들어!"

여기저기서 소란이 일어나지만 쉬이 접근하려는 이가 없다.

일각이 되지 않는 시간 동안 목이 날아 가버린 자가 물경 백을 넘어간다.

드넓던 천룡검문의 마당엔 붉은 피가 흥건하게 고인다.

"물러서라!"

때마침 천룡검문주가 검문의 정예들을 이끌고 모습을 드러내었고, 그 모습에 선두에 섰던 이들이 크게 반기며 재빨리 길을 튼다.

삼백에 이르는 천룡검문의 최고 정예 용검대가 빠르게 도현을 중심으로 원을 그리며 포위를 마친다.

자신을 포위하고 있는 데도 그것을 바라보기만 할 뿐 움직이질 않는 도현.

"네놈이 누군지 알 수 없으나 지독하게 풍기는 마기를 보아하니 천마성의 잔당이 분명하구나! 무슨 생각으로 본문을 찾았는지 모르겠으나, 본문의 제자들이 희생을 당한 이상 이곳에서 살아 돌아가지 못할 것이다!"

자신의 기운을 크게 드러내며 외치는 천룡검문주.

그 모습에 주변을 포위하고 있던 검문의 제자들이 함성을 내지른다.

허나, 그 함성은 길게 가지 않았다.

"잡소리가 길 군. 덤벼라."

차갑게 그를 보며 말하는 도현.

그 도발에 천룡검문주 정의검은 잠시 울컥했지만 금세 마음을 다스리며 수하들에게 지시를 내린다.

"천룡검쇄진을 펼쳐라!"

"존명!"

파바밧!

명령이 떨어지자마자 일사분란하게 움직이는 용검대!

천룡검쇄진은 천룡검문이 자랑하는 합격진으로 용검대 전원이 모여 펼치는 것인데, 그 위력만 따지자면 천하에서도 손에 꼽을 수 있을 정도였다.

쉬지 않고 상대를 괴롭히는데다 합격진이 유지되는 시

간이 길어질수록 상대를 짓누르는 강력한 힘이 발생되기에 이곳저곳에서 탐을 낼 정도로 대단한 것이었다.

"개진!"

"명!"

문주의 명령과 함께 일제히 움직이기 시작하는 용검대.

그들이 자리를 잡고 움직이는 것과 동시 발동한 천룡검쇄진은 빠른 속도로 도현의 발목을 붙들고 늘어지기 시작했다.

"나쁘지 않군."

천룡검쇄진을 직접 경험하는 도현은 솔직하게 나쁘지 않은 합격진이라고 생각했다.

하지만 그뿐이다.

도현의 눈에는 천룡검쇄진의 수많은 약점들이 보이기 시작했을 뿐만 아니라 이 정도의 힘으로는 그의 발목을 붙들어 두기 어려웠다.

그저…… 조금 귀찮을 뿐.

카캉! 캉!

날아드는 공격을 어렵지 않게 쳐내며 자리를 지키는 도현.

마치 작은 원이라도 그려 놓은 듯 자리에서 거의 움직이지 않는 채 날아드는 공격을 모조리 막아내는 도현!

공격은 팔방(八方)뿐만 아니라 하늘 위에서도 이어졌고, 심지어 같은 방향에서 약간의 시간차를 두고 공격하는 일도 있었지만 도현은 너무나 간단하게 그들의 공격을 막아낸다.

카카칵!

또 한 번의 공격을 막아낸 도현은 뻔히 보이는 반격의 틈을 보면서도 다시 한 번 눈을 감았다.

얼마든지 천룡검쇄진을 파괴 할 수 있음에도 불구하고 도현은 움직이지 않는다.

공격을 막아내기는 하지만 반격하지는 않는다.

그것이 무려 일각.

그쯤 되자 점차 진법 자체의 위력도 커져 보통의 평범한 사람이라면 자리에서 움직이기 어려울 정도였지만 도현의 모습은 처음과 크게 달라진 것이 없었다.

으득!

"저놈은 대체 괴물이란 말인가."

입술을 깨물며 혀를 차는 정의검.

정의검 자신이라 하더라도 지금의 합격진을 버텨 낼 수 있을 것이라 생각되지 않는다.

게다가 자신이 보아도 상대는 반격할 틈을 보고서도 공격을 하지 않고 있다는 것이 눈에 보이고 있었다.

이제까지 앞뒤 가리지 않고 검문의 제자들을 죽이던 자

가 갑자기 살인을 하지 않는다? 무언가 노리는 것이 있다고 생각 할 수밖에 없었기에 그는 즉시 옆에서 대기하고 있던 수하를 불렀다.

"즉시 밖으로 인원을 내보내어 주변을 살펴라. 놈의 움직임이 수상한 것이 외부의 지원이 있을 지도 모른다."

"명!"

명령이 떨어지기 무섭게 고개를 숙이고 사라지는 수하.

잠시 후 일단의 무리가 명령에 따라 밖으로 나가기 위해 움직인다.

하지만 그것은 큰 실수였다.

검문의 정문을 지키고 있는 것은 다른 누구도 아닌 바로 빙설하였다.

설하는 도현이 부탁했던 것을 잊지 않고 있었다.

정문을 지키고 있다가 누구든 들어오거나 나가려 한다면 막으라는 것.

"와! 할 일이 생겼다!"

심심하게 정문의 바닥에 그림을 그리고 놀던 설하는 달려오는 검문 제자들을 보며 환하게 웃으며 자리에서 일어섰다.

"나랑 놀자!"

쩌정!

천진난만한 외침과 함께 그녀의 손에서 지독하게 시린 기운이 사방으로 뻗어나간다.

날카로우면서 차가운 그 기운에 밖으로 나가려 했던 무인들의 얼굴이 창백해진다.

우웅— 웅!

"흠…… 이게 한계인가?"

자신의 몸에 가해지는 압력이 시간이 흘러도 더 높아지지 않자 도현은 그제야 움직일 준비를 하기 시작했다.

이제까지는 천룡검쇄진의 한계를 알아보기 위해 일부러 반격을 하지 않고 있었다.

물론 그 틈에 반격을 할 충분한 준비를 갖추었지만.

카캉, 콰득!

처음으로 휘두른 검에 정확하게 용검대원 중 한명의 목이 날아간다.

허공으로 날아오르는 머리를 뒤로 하고 도현의 몸이 본격적으로 움직이기 시작하자 순식간에 그를 중심으로 삼장이 붉은 피로 가득해진다.

쏴아아—!

내리는 혈우.

뜨거운 피 냄새에 머리가 어지러울 정도지만 도현은 멈추지 않았다.

콰르릉!

때마침 정문에서 들려오는 굉음에 피식 웃으며 자리에서 멈추는 도현.

아마 정문으로 나가려는 놈들이 있었을 테고, 자리를 지키고 있던 설하가 움직였을 터다.

적어도 이곳에서 그녀를 다치게 할 정도의 실력을 지닌 이는 문주 이외엔 없어보였다. 그런 문주도 목숨을 걸어야 할 정도로 빙설하의 실력은 대단한 것이었다.

"지옥을 보여주지."

짧은 한 마디와 함께 도현은 있는 힘 것 내공을 끌어올렸고 그 순간.

검은 마기가 하늘을 뒤덮었다.

지금까지 코를 찌르던 혈향이 희미해질 정도의 마기가 천룡검문을 뒤덮는다.

"이런…… 말도 안돼는!"

정의검의 얼굴에 허탈감이 가득 맴돈다.

◐

천마(天魔).

단호하리라 만치 간단한 두 글자.

두 글자가 새겨진 곳은 천룡검문의 내원으로 향하는 벽이었다.

검을 이용해 순식간에 새긴 듯 강렬하면서도 깔끔한 솜씨.

주변에 수도 없이 흩어져 있는 시신과 강이 되어 흐르는 피와는 대조적인 그 모습이 공포스러울 정도다.

"허허, 이만한 마기라니."

웃었지만 굳은 얼굴의 노인이 천룡검문의 안으로 들어서며 말한다.

소식을 전해들은 백도맹은 그 즉시 맹의 무인들을 파견하여 천룡검문을 포위하고 누구도 들어갈 수 없도록 조치했다.

흉수의 흔적이 사라질 수도 있기 때문이라는 이야기를 했지만 실제로는 천룡검문 안에 가득한 마기 때문이었다.

천마성이 무너진 이후 마인을 보기란 무척이나 어려워졌다. 다들 지하로 숨어버린 것이다.

이것을 이용하여 그동안 백도맹은 마인을 몰아낸 것을 최고의 쾌거라 부르며 이를 알리는데 주저하지 않고 있었다.

이런 때에 마인으로 인해 백도맹에 소속되어 있는 문파가 무너져 내렸다는 소문이 퍼지게 된다면 좋은 분위기가

지속되지 못할 터였다.

뿐만 아니라 이곳에서 모습을 드러낸 자가 남긴 말이 너무나 의미심장했다.

그것이 백도맹주인 창천신검(蒼天神劍) 남궁선을 이곳까지 움직이게 만들었다.

"천마라……."

벽에 쓰인 글을 보며 쓰게 웃는 그.

그동안 잃어버린 왼팔로 인해 폐관을 하듯 외부로 모습을 드러내지 않던 그가 밖으로 나오자마자 벌어진 일이기에 더욱 입맛이 쓰다.

잃어버린 것은 어쩔 수 없기에 최대한 그것을 극복하기 위해 노력을 했지만 과거의 실력을 스스로도 찾을 수 없을 것이라 이미 느끼고 있는 그였다.

"자신을 천마라 부르는 이가 처음 나타난 곳이 천마성의 폐허라고 그랬나?"

분명 곁에 아무도 없었거늘 어느새 그의 곁에 한 사람이 모습을 드러내며 대답한다.

"그렇습니다. 정체를 확인해 본 결과 믿을 수 없지만 죽었을 것이라 생각했던 천마성의 소성주로 판명되었습니다. 물론 확실한 것은 아니기 때문에 좀더 조사가 필요할 것으로 보입니다."

"마룡(魔龍)이라 불리던?"

"예."

수하의 보고에 남궁선은 조금 놀란 듯 그를 바라본다.

남궁선이 아는 한 그가 확실하지 않는 일을 입 밖으로 꺼내는 것을 거의 본 적이 없으니, 말은 저렇게 해도 거의 확실하다는 이야기였다.

동시에 그것은 백도맹에 있어 큰 골칫거리가 나타났다는 것과 같은 말이다.

"그 아이가 벌써 이만한 마기를 남길 정도의 힘을 발휘하다니……."

허탈하게 웃으며 주변을 둘러보는 그.

천룡검문은 멸문했다고 봐야 했다.

사고가 일어나던 당시 살아남은 무인의 숫자가 겨우 수십에 불과한데다 그마저도 극도의 공포를 견디지 못하고 제 정신을 유지하지 못하고 있었다.

그나마 외부에서 활동하던 자들이 있어 그들을 모은다면 수백의 인원이 되기는 하겠지만, 구심점이 사라진 이상 문파를 유지하는 것이 어려울 터다.

"언젠가 이렇게 될 것 같긴 했지만…… 너무 빠르군."

얼굴을 굳히는 남궁선.

현 무림에서 지금의 상황을 가장 잘 이해하고 있는 사람을 꼽으라면 당연히 남궁선 밖에 없을 것이다.

도현의 재능과 실력에 대해 알고 있는 사람이 그와 사황성주 밖에 없으니 당연한 일이었다.

'녀석이 모습을 드러내었다는 것은 철저한 준비를 마쳤다는 것이겠지. 똑똑한 녀석이었으니…… 아무런 준비도 없이 이렇게 모습을 드러냈을 리 없다. 골치 아프게 되었군.'

"흔적은?"

"주변을 뒤지고 있으나 발견된 곳은 없습니다. 그리고 특이한 시신이 몇 있었사온데 아무래도 한 명 정도 함께한 것 같습니다."

"한 명?"

"예. 발견 된 시신의 상처 흔적들이 일정한 것으로 보아 한 명 이상이라곤 생각되지 않습니다. 보시겠습니까?"

수하의 설명에 그는 고개를 끄덕이며 발걸음을 옮긴다.

머지않은 곳에 시신들을 한 곳에 모은 곳이 있었다.

시신들에게서 느껴지는 냉기와 날카로움이 아직까지도 남아있었다.

"이들인가?"

"예. 다른 시신들이 강력한 마기가 존재하는 것에 반해 이것은 그런 흔적은 없으나……."

"흠……."

잠시 시신을 살피는 남궁선.

꼼꼼하게 시신들을 살피던 그가 결국 고개를 흔들며 자리에서 일어섰다.

"모르는 무공이로군. 북해의 무공과 견줄 수 있을 정도로 강력한 빙공이지만 북해의 것은 아니야."

"저희 역시 그리 판단을 내렸습니다."

"아무래도 천마성이 다시 일어설 모양이로군."

"어떻게 할까요?"

수하의 물음에 남궁선은 생각할 필요도 없다는 듯 즉시 명령했다.

"가용 가능한 모든 인력을 동원하여 놈을 찾아라. 놈을 죽인다면 천마성은 두 번 다시 일어설 수 없을 것이다. 그리고 지금 즉시 맹의 장로들에게 소식을 전해라. 전체 회의를 소집한다고."

"존명!"

대답과 함께 사라지는 수하를 뒤로 하고 그는 천천히 천룡검문을 빠져나온다.

텅 빈 왼팔의 소맷자락이 바람에 휘날리지만 익숙한 듯 신경 쓰지 않고 발걸음을 옮긴다.

"이번 일에도 불구하고 분란이 멈추지 않는다면…… 백도맹은 여기까지라고 생각해야 하는 것인가……."

어딘지 모르게 공허한 그의 목소리가 주변을 울린다.

천룡검문에서의 일을 마치고 도현과 설하가 찾은 곳은 항주였다.

먼 길을 거의 쉬지 않고 움직인 끝에 항주에 도착한 것이다.

얼마나 힘이 들었는지 항주에 머물 곳을 정하자마자 설하는 자신의 방에서 잠들어 버렸을 정도였다.

평소라면 신기하다며 온 사방을 돌아다니며 먹을 것을 섭렵하고 다닐 그녀이지만, 워낙 피로하기에 그대로 잠들어 버린 것이다.

그녀와 달리 도현은 시간을 들여 따뜻한 물로 몸을 씻어낸다.

항주에 들어서기 전 산의 계곡에서 몸을 씻기는 했지만 여전히 혈향이 몸에서 나는 듯했기 때문이다.

촤악.

두 손 가득 물을 채워 얼굴을 씻는다.

따뜻한 물의 기운이 몸의 피로를 씻어 내리는 듯한 기분이다.

"후우……!"

몸의 근육이 긴장이 풀리며 느껴지는 노곤함이 기분이 좋다.

"지금쯤이면 제법 난리가 났겠지. 빠르면 며칠 뒤면 이 곳에서도 소문을 들을 수 있을 지도 모르겠군."

따뜻한 물로 얼굴을 씻으며 피식 웃는 도현.

무림의 소문은 바람보다 빠를 정도라 아무리 먼 곳에서 일어난 일이더라도 그것이 사람의 이목을 사로잡을 정도 라면 순식간에 알려지곤 했다.

하오문이나 개방과 같은 정보단체가 굳이 움직이지 않 더라도 말이다.

"그게 남아 있다면 좋겠는데."

도현이 다른 곳도 아니고 곧장 항주로 온 것은 당연히 이유가 있기 때문이다.

진짜 무황총은 도현이 찾았지만 무황이 진짜 무황총을 찾기 위해선 여러 곳을 거치도록 안배를 해놓았었는데, 그 안배 중의 하나가 항주에서 멀지 않은 곳에 있었다.

과거 도현도 무황총이 궁금하여 찾아보려 했던 적이 있 었던 적이 있었다.

당시에는 찾지 못했지만 지금은 여유를 가지고 찾아 볼 수 있었다.

이미 무황의 무공을 익힌 도현이 그곳을 찾을 이유가 없 지만, 그럼에도 그것을 찾으려는 이유는 어차피 이대로 사 라질 것이라면 유용하게 사용해 보자고 마음먹었기 때문 이다.

얼마 뒤면 자신의 등장으로 인해 무림은 떠들썩해질 것
이 분명했다.

백도맹에서 아무리 정보를 차단하려고 해도 분열이 일
어난 지금 그것이 쉽게 지켜질리 없다.

게다가 뒤에서 금화상단이 소문을 빠르게 퍼트리기로
했으니 더욱 그렇다.

그렇게 사람들의 시선이 한 곳에 몰려있을 때 도현은 이
곳에 있는 가짜 무황총을 찾아 사람들을 끌어들일 준비를
할 생각이었다.

"계속해서 구룡무관을 사용 할 수는 없는 일이니……
사람들의 시선을 다른 곳으로 옮긴 사이에 본거지를 다시
세워야 하겠지. 튼튼하게."

벌써 도현에게 합류한 인원이 제법 된다.

조심스럽게 구룡무관에서 모습을 감추고 있다곤 하지만
그것이 편할 리가 없다.

게다가 앞으로의 일을 생각한다면 본거지를 생각해두어
야 했다.

"어디가 좋을까……."

똑, 똑.

머리카락을 타고 물이 떨어져 내린다.

따뜻하던 물은 어느새 점차 차가워지고 있었지만 도현
은 그것을 조금도 느끼지 못할 정도로 많은 생각을 하고

있었다.

　며칠 푹 쉬며 주변의 소문을 귀담아 듣던 도현은 마침내 자신이 원하던 소식을 들을 수 있었다.

　천마가 나타났다!

　짧지만 간단하게 설명 할 수 있는 그 소문.
　당연히 수많은 살들이 붙어 별의 별 이야기들이 이어졌지만 중요한 것은 자신에 대해 많은 이들이 알기 시작했다는 것이다.
　거기다 소문에는 놀랍게도 자신의 정체에 대한 것도 있었다. 그것도 꽤나 신빙성 높은 소문으로 분류되어서.
　그것은 금화상단에서 은근히 흘린 것으로 백도맹 무인들의 증언과 겹치며 사실로 받아들여지고 있었다.
　"잘 하고 있는 모양이로군."
　객잔의 식당에서 차를 마시던 도현이 빙긋 웃으며 혼잣말을 하자 그의 앞에서 당과를 하나씩 빼먹고 있던 설하가 고개를 갸웃거린다.
　그에 그녀의 머리를 쓰다듬어 준 도현은 설하의 손에 든 당과가 다 없어졌음을 확인하곤 자리에서 일어섰다.
　"움직여 볼까?"

"먹을 거!"

활짝 웃으며 말하는 그녀에게 도현은 고개를 흔들었다.

"안 돼. 지금도 많이 먹었잖아. 일이 먼저야."

"우웅……."

입술을 삐죽 내미는 그녀를 보며 도현은 웃지 않을 수 없었다.

역용술로 얼굴을 가린 그녀지만 하는 행동은 조금도 바뀌지 않았다.

어찌 이런 성격을 가진 사람이 혈교의 주구가 되어 수많은 이들을 해치고 다닌 것인지 알 수 없을 정도다.

칭얼대는 그녀를 달래며 도현은 항주를 벗어나기 위해 움직인다.

항주는 밤낮이 따로 없을 정도로 무척이나 활발했는데 낮에는 수많은 상인들이 장사를 하느라 정신이 없었고, 밤에는 향락을 즐기는 이들로 붐빈다.

그러다 보니 도시를 오가는 이들이 많아 도현과 설하가 몸을 숨기기에도 최적의 도시였다.

항주에서 말을 타고 하루 정도 달리면 되는 거리에 해염(海鹽)이라는 작은 도시가 있었다.

그리 크지 않은 항구도시이지만 싱싱한 해산물이 많이 날 뿐만 아니라, 오가는 배들도 적지 않아 활기찬 도시였다.

"흠…… 저쪽인가?"

도시가 한 눈에 보이는 장소에 자리를 잡은 도현은 과거의 기억을 되살리며 가짜 무황총이 있을만한 곳을 눈으로 찾기 시작했다.

이미 여러 번 찾아왔지만 번번이 실패했다.

정확한 지도도 없고, 과거의 기억에 의존해 찾으려 하다 보니 쉽지 않는 것이다.

게다가 기억에 있는 지도도 현재의 해염이 아닌 과거의 해염이다보니 지금과 달라진 것이 무척이나 많이 있었다.

"음…… 오늘은 저곳으로 할까?"

결국 도현이 선택한 곳은 도시에서 제법 거리가 있는 곳에 자리를 잡고 있는 거대한 절벽이었다.

절벽의 밑으로는 연신 파도가 철썩이고 그 주변에는 잡초들이 무성할 뿐 어떠한 것도 없다. 그 흔한 나무 한 그루조차도.

하지만 도현은 바로 그것에 의심을 품고 있었다.

절벽이 있는 곳에서 멀지 않은 곳에는 하늘이 보이지 않을 정도로 나무가 빼곡한 숲이다.

그런데 잡초는 무성하게 자라면서도 나무는 자라지 않는다? 뭔가 이상하지 않고서야 그럴 수 없는 것이다.

절벽으로 부는 바람은 세차지만 무척이나 시원하다.

게다가 주변 사람들에겐 위험한 곳으로 소문이 나서인

지 시야 안에서는 사람 그림자도 보기 어렵다.

도현이 이곳저곳을 살피는 동안 설하는 무엇이 좋은지 연신 이곳저곳을 발로 뛰어다니고 있었다.

철썩!

절벽 밑을 내려다보니 거대한 파도가 연신 절벽을 때린다.

"수공(水功)이라도 익히고 있지 않으면 금세 휩쓸려 죽겠는데? 그보다 절벽 쪽에는 뭔가 없는 건가?"

연신 이곳저곳을 찾아보지만 보이는 것이 없었다.

하긴 뭔가 동굴이 있었다면 배를 타고 오가는 사람들이 벌써 발견을 해도 했을 터다.

그때였다.

"아아앙!"

난데없이 설하의 울음소리가 들려오자 도현은 깜짝 놀라며 뒤를 돌아봤지만 설하의 모습이 보이지 않았다.

하지만 귓가에 계속해서 들려오는 그녀의 울음소리에 그것을 쫓아 움직이자 곧 그녀를 찾을 수 있었다.

설하는 약 1장정도 되는 깊이의 구덩이에 빠져서 울고 있었다.

"빠졌어어어!"

닭똥 같은 눈물을 흘리며 혼자 빠져나올 수 있음에도 자리에 주저앉아 울고 있는 설하.

큰 덩치만 아니었다면 정말 아이라도 된 것 같다.

"후……!"

그래도 무사한 것에 다행이라 생각하며 그녀를 구하기 위해 가볍게 구덩이에 뛰어들었다.

착.

"자자, 그만 울고 나가 볼…… 응?"

설하를 달래며 밖으로 나가려던 도현의 눈에 순간 구덩이의 벽이 보인다.

마치 경계선이라도 그어진 듯 서도 다른 땅 색이다.

보통 이런 곳이라면 비슷한 색을 가지기 마련인데, 전혀 다른 색이다. 마치 새로운 흙을 가져다가 놓기라도 한 냥.

슥슥.

손으로 흙을 만지자 촉감 역시 서로 달랐다.

물론 1장이면 사람 키를 훌쩍 뛰어넘는 높이니 그럴 수 있다지만 묘하게 도현의 눈에는 이상하게 들어왔다.

"먼저 나갈 수 있지? 밖에서 기다리고 있어."

"응……."

도현의 말에 눈물을 닦으며 밖으로 나가는 그녀.

작은 발 구름 만으로 이곳을 벗어나는 것이 역시 기억만 사라졌다 뿐이지 그 실력은 그대로 가지고 있는 듯 보였다.

"그게 중요한 게 아니지."

곧장 시선을 땅으로 돌린 도현은 즉시 내공을 일으켜 손을 보호하곤 땅을 파헤치기 시작했다.

파바밧!

빠른 속도로 움직이던 도현의 손끝에 걸리는 미묘한 촉감 하나.

"찾았다."

유난히 눈이 빛난다.

조심스럽게 구덩이를 원래 모습으로 덮어놓은 도현은 즉시 그 길로 항주를 벗어났다.

일단 찾아놨으니 언제고 때가 되면 이곳을 이용할 생각이었다.

항주에서 멀지 않은 곳에 검각이 있으니 소진을 만나볼까 했지만 아무래도 자신의 신분이 신분이다 보니 좋지 못한 결과를 낼 수도 있기에 금세 생각을 접었다.

그곳에서 거의 전력으로 움직인 끝에 도현과 설하는 금세 구룡무관에 들어설 수 있었다.

天魔飛上 7章.

7章.

"지옥수라대, 흑암혈사대, 귀영흑풍대라…… 생각보다
적군."

구룡무관에 모두 모인 일행을 보며 이 장로가 말하자 칠
장로 거력마웅은 자신의 탓이라도 되는 냥 미안한 얼굴로
머리를 긁적인다.

"널 탓하는 것이 아니다. 그저…… 보고 있으니 마음이
울쩍해져서 말이다."

"그거야 어쩔 수 없지 않습니까. 그래도 소성주가 있으
니 다시 시작할 수 있을 겁니다."

조심스럽게 말을 하는 거력마웅.

본래 호탕한 성격인 그가 의기소침한 모습을 보이자 월

영마검은 피식 웃으며 그의 등을 내려친다.

짝!

등에서 전해지는 강렬한 고통에 몸을 비비꼬는 거력마웅.

"너무 걱정하지 마라. 이제 우리가 할 수 있는 것은 소성주를 믿고 따르는 것뿐이다. 그러기 위해선 우리부터 이젠 말을 조심해야 하겠지. 이제까지는 편하게 대해왔지만, 앞으로는 철저하게 소성주로서의 위엄을 살려주어야 할 것이다."

월영마검의 말에 듣고만 있던 마선의와 거력마웅이 고개를 끄덕이며 동의한다.

앞으로 도현은 수많은 마인들을 통솔하며 새로운 세력을 구축해야 한다.

천마성을 다시 세우든 그렇지 않든 수하들 앞에서 도현의 체면을 생각해주어야 하는 것이다.

"으음……."

그때 자리에 누워만 있던 패마가 신음소리와 함께 눈을 떴다.

요 며칠 사이 기력이 부쩍 빠진 패마는 하루에 한 번 깨어나는 것조차 힘들어하고 있었는데, 마선의가 좋다는 음식을 모조리 구해다가 먹이고 있지만 역부족이었다.

"주군 정신이 드십니까?"

재빨리 패마의 곁으로 다가가 묻는 월영마검.

마치 그 불음에 응답이라도 하려는 듯 패마가 힘겹게 눈을 떴다.

"이…… 장로 인……가?"

"예! 이 장로입니다!"

눈을 떴음에도 불구하고 패마는 코앞에 있는 것이 확실한 이 장로의 얼굴이 보이지 않았다.

밤낮은 확인이 되지만 모든 사물이 뿌옇게 보인다.

온 몸에선 조금의 기력도 느껴지지 않는다.

'갈 날이 얼마 남지 않은 모양이로군.'

스스로 자신의 삶이 얼마 남지 않았음을 패마는 깨달을 수 있었다.

그리고 그 시간이 머지않았음도.

"음음……!"

말을 하려고 했더니 기도를 막는 침과 가레 때문에 제대로 된 목소리가 나오질 않는다.

그것을 눈치 챈 마선의가 재빨리 패마에게 달라붙어 기도를 막은 침과 가레를 제거할 뿐만 아니라 미리 준비한 듯 몇 가지 약재를 섞은 가루와 물을 조심스럽게 먹인다.

"잠시만 기다리시면 짧지만 편하게 말씀을 하실 수 있을 겁니다."

그 말에 고개를 끄덕이는 패마.

어떤 약인지는 알 수 없지만 목을 넘어가는 즉시 온 몸에 기운이 북돋아 오르고, 답답하던 목이 시원해지는 듯하다.

창백하던 패마의 얼굴이 조금이지만 붉게 달아오르자 그제야 마선의는 안도의 한숨을 내쉬며 뒤로 물러섰다.

"음음, 이제 좀 괜찮은 것 같군."

"강제로 몸의 기운을 북돋아 주는 약입니다. 지금 주군의 몸 상태로는…… 지속시간이 길지 않을 것입니다."

솔직한 마선의의 말에 패마는 알고 있다는 듯 고개를 끄덕이며 이 장로가 있는 곳을 바라본다.

여전히 눈은 보이지 않았지만 사물 정도는 구분이 되는지라 금세 찾을 수 있었다.

"이 장로…… 아니 태광아."

"예, 형님."

이 장로라 부르는 대신 자신의 이름을 부르는 패마에게 월영마검 역시 형님이라 부르며 직책에 얽매이지 않는다.

과거 천마성을 세우기 전에는 얼마든지 형, 동생으로 지냈었지만 천마성을 세우고 난 뒤 성주인 패마에게 모든 권력을 집중시키기 위해 그동안 일부러 선을 긋고 살았던 그들이다.

그나마 검마는 간혹 두 사람 간의 대화에선 편하게 이야기하곤 했지만 이 장로는 천마성을 세운 이후 단 한 번도 편하게 패마에게 이야기를 한 적이 없었다.

"도현이는 잘 하고 있느냐?"

"물론입니다. 혼자서 이곳저곳을 뛰어다니며 천마성을 아니, 마도의 자존심을 지키기 위해 노력하고 있습니다. 녀석의 등을 보고 있노라면 과거 형님의 등을 보고 있는 것만 같습니다."

"그러냐……."

과할만큼 가득한 이 장로의 칭찬에 패마는 빙긋 웃었다.

"지금도 흩어진 사람들을 모으기 위해 밖으로 나가 있는 상태입니다. 조마간 돌아올 때가 되었습니다."

"그래, 없다니 다행이구나. 그렇지 않아도 할 말이 있었다. 지금 모인 사람은 누구더냐?"

"저와 마량 그리고 도광이가 함께하고 있습니다. 밑의 수하들로는 예전만 못하지만 지옥, 흑암, 귀영이 모여 있습니다. 숫자는 얼마 되지 않으나 다들 그 싸움에서 살아남은 정예들입니다."

그 말에 패마는 고개를 끄덕이며 천천히 입을 열었다.

"너희들에게 일러두고 싶은 말이 있다."

"하십시오."

이 장로의 말에 패마는 잠시 숨을 들이마신 뒤 입을 연다.

"천마성을 없애라."

잠이든 패마를 보며 방엔 무거운 침묵만이 감돈다.

"일단…… 방을 옮기자."

구룡무관의 수많은 건물들이 빈 상태다 보니 외부에서 보이지 않는 곳을 골라 사용하고 있음에도 불구하고 워낙 구룡무관의 규모가 크다보니 방이 남아돌았다.

패마가 잠든 바로 옆방은 마선의의 방이었는데 세 사람은 방에 들어가자마자 자리에 앉는다.

"방금…… 주군, 아니 형님께서 하신 말을 들었지?"

"듣긴 했는데 그게 뭘 뜻하는 것인지 잘 모르겠습니다. 머리를 쓰는 것은 영……."

쑥스러운 듯 머리를 긁적이며 말을 하는 거력마옹.

"어렵게 생각할 필요 없다. 더 이상 천마성의 이름을 쓰지 않는다는 것이니까."

"천마성의 이름을 쓰지 않는다면 어떻게 되는 겁니까? 데리고 있는 애들도 전부 천마성 소속이지 않습니까?"

고개를 갸웃거리며 아직도 이해되지 않는다는 거력마옹에게 이번엔 마선의가 나서서 이야기를 한다.

"천마성은 큰형님과 우리 그리고 수많은 이들의 노력으로 세워 올린 것임은 틀림없지만 이미 무너진 곳이다. 그렇기에 새로이 도현이 시작하는 곳은 천마성이 아닌 새로운 이름으로 시작하는 것이 더 낫다는 것이지. 큰형님께선 어쩌면 언젠가 이렇게 될 것이라고 생각했던 것일지도 모르겠다. 금화상단의 일도 그렇고……."

"흠…… 하긴 금화상단의 일은 아무도 몰랐던 사실이
지."

마선의의 말을 월영마검이 받는다.

금화상단에 대한 것은 패마와 도현 그리고 일 장로였던
검마 세 사람만이 알고 있던 사실이었다.

천마성과 일체 연관이 없는.

그야말로 최악의 경우를 상정하고 대비를 해놓았다는
것은 이런 일을 미리 예측했다는 이야기다.

그렇지 않고서야 금화상단 정도 되는 규모의 상단을 아
무런 흔적도 없이 만들어 놓을 수 없었을 테다.

"어차피 우리는 어렴풋이 이렇게 될 것이라 생각하고
있었다. 막내 넌 어떻게 생각하느냐? 천마성의 이름을 써
야 한다고 생각하느냐?"

그 물음에 거력마웅은 고개를 저었다.

"전 멍청해서 많은 것을 생각 할 줄은 모릅니다. 하지만
큰형님이 그렇게 말씀을 하셨다면 당연히 이유가 있다고
생각합니다. 큰형님을 따르고 난 뒤 이제까지 틀린 결정을
했던 적이 없지 않습니까? 지금까지 믿고 왔으니 앞으로
도 믿고 가렵니다!"

텅텅!

주먹으로 자신의 가슴을 치는 그.

그 큰 덩치가 이럴 때 만큼은 믿음직스럽다.

하지만 그러다 말고 그가 시무룩한 얼굴로 입을 연다.

"저야 괜찮겠지만 어쩌면 누님은 다른 생각을 할지도 모릅니다."

"지수가?"

의외라는 듯 마선의가 고개를 돌린다.

육 장로 혈마음(血魔音) 신지수는 장로들 중 유일한 여인일 뿐만 아니라 거력마웅의 친누나였다.

"예전부터 누님은 여인들만으로 이루어진 세력을 가지고 싶어 했습니다. 아시지 않습니까, 누님의 과거가 화려하다는 것을."

결코 좋은 의미의 화려가 아닌 그의 말에 두 사람은 고개를 끄덕인다.

그러면서 한편으론 그의 말을 이해 할 수 있었다.

자신만의 세력을 세우고 싶었다면 이런 시기가 가장 좋았다. 속해있던 세력이 망했을 뿐만 아니라 중원 무림도 혼란하기 그지없다.

"이럴 때를 위해서 누님이 따로 모아놓은 돈도 제법 있는 것으로 알고 있습니다. 예전에 말하길 때가 되면 큰형님에게 이야기를 하고 정식으로 벗어날 것이라 했었지만…… 상황이 이러니 기회를 놓치지 않을 겁니다."

"그렇지. 하긴 옛날부터 그런 기미가 보이긴 했었지."

월영마검이 동의하며 말을 자른다.

"자신의 세력을 만든다 하더라도 당장 도움을 거절하지
는 않을 것이다. 어차피 지수가 자신만의 세력을 세운다
하더라도 든든한 뒷배가 필요한 세상이지 않더냐. 도현이
새로운 문파를 세우고 나서 독립을 보장해준다면 괜찮을
것이다."

그 말에 마선의와 거력마웅은 고개를 끄덕이며 동의했
다.

일곱 장로들 중에서 실속계산에 있어선 가장 빠른 것이
그녀였었다.

그런 만큼 어떤 것이 자신에게 진짜 도움이 될 것인지
빠르게 계산을 마칠 것이고, 당연히 자신들을 돕게 될 것
이 분명했다.

물론 정확한 것은 그녀를 만나고 난 뒤에 이야기를 해봐
야 알겠지만.

똑똑.

"소성주님께서 복귀하셨습니다."

때마침 반가운 소식이 들려오자 세 사람은 자리에서 일
어섰다.

◐

"후욱!"

짧게 숨을 내쉬는 작은 동작에도 온 몸에 힘이 넘치고, 당장이라도 힘을 발산하고 싶은 욕구가 물씬 든다.

"크큭! 그래…… 이거야. 내가 원했던 것은."

뚜둑!

꽉 쥔 주먹에서 느껴지는 강렬한 파괴의 향기에 허독량은 만족스런 미소를 짓는다.

폐관에 들어간 이후 단 한 번도 이곳을 벗어나지 않고 수련에만 매달린 끝에 마침내 기대하던 성과를 얻은 것이다.

힘을 얻었을 뿐만 아니라 폐관 초기에 눈에 거슬리던 빙설하를 제거하는데 성공했으니, 이젠 더 이상 누구도 그의 자리를 넘보지 못할 터였다.

"자…… 남은 건 하나 뿐인가?"

허독량이 시선을 돌리자 그곳엔 공포로 정신이 나가버린 듯 자리에 주저앉아 부들부들 떨고만 있는 소녀가 있었다.

하의가 축축한 것이 실례를 한 것 같았지만, 익숙한 듯 허독량은 그녀에게 다가간다.

"사, 살려주세요! 제, 제발!"

다가서는 소리에 정신을 차린 것인지 필사적으로 몸을 뒤로 빼며 소리를 지르는 그녀.

하지만 그 소리가 허독량을 자극했다.

"크크큭!"

비열하게 웃으며 더 이상 도망 갈 곳도 없는 그녀의 목을 붙들어 일으켜 세우는 그.

아니, 서서히 그의 팔이 올라가더니 순식간에 그녀를 허공에 매단다.

"사, 살려……."

허공에서 허독량의 손에 매달려 발버둥치는 그녀.

"대업의 바탕이 되는 것을 기쁘게 받아들여라! 크하하하!"

그의 웃음소리와 함께 허독량은 눈 깜짝 할 사이에 소녀의 생기를 빨아들이기 시작했고, 이렇다할 반항도 제대로 해보지 못하고 소녀의 몸이 마치 미라와 같이 바짝 말라간다.

툭.

금세 떨어져 내리는 머리.

눈 몇 번 깜빡일 사이에 생기를 잃고 죽어버린 것이다.

그것을 보며 재미있는 듯 살피던 허독량이 아무렇지 않게 뒤로 시신을 던진다.

날아간 시신이 놓인 곳에는 또 다른 시신들이 가득 쌓여 있었다.

시신이 썩으며 냄새가 날 법도 하건만 그런 냄새도 전혀 없다. 마치 처음부터 아무것도 존재하지 않았다는 듯.

"역시 어린 처녀의 생기가 최고로군."

우웅—!

그의 몸 위로 선명하게 드러나는 혈기(血氣)!

"자…… 이제 뭘 하면 될까? 큭큭큭."

마치 재미있는 놀이를 찾아야 한다는 듯 여유로운 발걸음으로 그가 폐관실을 벗어나기 위해 움직인다.

"제법 실력을 높인 모양이로구나."

"사부님의 전폭적인 지원 덕분입니다."

고개를 숙인 채 사부인 혈마에게 이야기를 하는 허독량.

대전에 모인 수많은 이들이 혈마의 제자인 그를 지켜보고 있었다.

이미 그가 폐관을 마치고 밖으로 나왔다는 소식이 많이 퍼진 것인지 대전에는 빈자리가 거의 없을 정도로 많은 사람들이 자리해 있었다.

그만큼 다음 대 혈마의 후계가 될 가능성이 높은 허독량을 지켜보려는 자들이 많은 것이다.

또 다른 후계이던 빙설하가 사라진 이후라 더욱 그러했다.

존재하지 않는 자를 지지 할 수는 없는 일이기에 날이 갈 수록 허독량의 지지도는 높아져 가고 있었다.

유일한 후계자라는 이유 하나만으로 말이다.

"그래서 혈마공(血魔功)의 성취는 얼마나 되느냐?"

"운이 좋아 오성의 경지에 이를 수 있었습니다."

오오오!

허독량의 말이 떨어지기 무섭게 여기저기서 감탄의 소리가 들려온다.

혈마공은 오직 혈교의 주인만이 익힐 수 있는 무공으로 갈수록 익히는 것이 어려워지지만 삼성만 익히더라도 무림에서 능히 절정 이상의 실력을 발휘 할 수 있었다.

그런 혈마공의 오성 경지라면 무척 대단한 것이다.

능히 칠왕과 싸워 밀리지 않을 실력이라 봐도 무방했다.

'약은 놈……'

제자를 내려다보며 웃고 있지만 혈마의 두 눈은 차가웠다.

스스로 오성이라 말했지만 그에게 느껴지는 기운은 육성의 그것과 같은 것이었다.

무림에 자신의 실력을 숨기라는 격언이 있지만 사부인 자신에게도 실력을 숨긴다는 것이 그리 마음에 들지 않는 혈마였다.

하지만 동시 기특하기도 했다.

저런 사특함이야 말로 혈교를 이끌어 가는데 반드시 필요한 재능이라 생각하기 때문이다.

"앞으로 어쩌고 싶느냐?"

혈마의 물음에 잠시 고민을 하던 허독량이 천천히 대답한다.

"우선 갑작스런 사매의 죽음으로 인해 대계가 전부 멈춰있는 것으로 알고 있습니다. 멈춘 대계를 진행시키기 위해 움직이도록 하겠습니다."

"후후, 잘 생각했다. 그렇지 않아도 네가 밖으로 나왔으니 슬슬 움직여야 할 때라 생각하고 있었지."

"허면 제가 맡아야 할 일은 무엇입니까?"

눈을 빛내며 묻는 허독량에게 혈마는 웃으며 답했다.

"백도맹을 찢어 놓아라."

天魔飛上

8章.

8 章.

"그것이 사부님의 선택이시라면……."

이 장로의 말을 전해들은 도현은 고개를 끄덕인다.

하지만 어딘지 모르게 힘이 빠진 모습이다.

그럴 수밖에 없었다.

지금까지 도현이 정신없이 움직인 것은 어디까지나 천마성을 다시 일으키기 위함이었지 자신의 세력을 구축하기 위함이 아니었다.

말은 하지 않았지만 도현 스스로도 이런 가능성을 부정해 왔던 것은 아니었다.

특히 북경에서 이 장로와의 대화를 나누고 난 뒤엔 더욱 그러했었다.

하지만 막상 사부가 직접 그런 이야기를 했다는 소리를
듣고 나니 어딘지 모르게 기운이 빠지는 기분이었다.

그 모습을 본 이 장로는 도현의 기분을 모르는 바가 아
니라는 듯 어깨를 몇 번 두드리곤 방을 나간다.

홀로 남은 방.

창밖에서 들리는 바람소리만이 방의 정적을 깬다.

"하아……!"

긴 한숨과 함께 침대에 드러누워 버리는 도현.

천마성의 아닌 자신의 세력으로 처음부터 모든 것을 시
작해야 한다는 이야기에 충격을 먹긴 했지만 그것이 전부
는 아니었다.

자신의 잘못으로 인해 무너진 천마성을 어떻게든 바로
잡고 싶었던 것이 도현의 마음이었다.

하지만 사부는 그런 도현을 처음부터 반대하고 나선 것
이다.

"물론 이것이 옳은데다 더 쉬운 방법이라는 것은 알고
있지만……."

주륵―.

흐르는 눈물.

자신이 아니었다면 결코 무너지지 않았을 천마성.

천년을 이어가기 위해 수많은 노력을 했었고, 많은 사람
들이 자신에게 어떤 기대를 걸었던 것인지도 잘 안다.

그렇기에…….

후회가 남는다.

"빌어먹을! 빌어먹을!"
끝없이 되뇌이며 누구도 보지 않는 방에서 하염없이 눈물을 흘린다.

이틀이 지나고 나서야 마음의 정리를 마친 도현이 밖으로 나왔고 그 즉시 세 장로가 도현과 자리를 만들었다.
"마음의 정리는?"
"이제 끝났습니다. 사부님의 말씀대로 새로운 시작을 하는 마당에 더 이상 천마성의 기(旗)를 세울 필요는 없다고 생각합니다. 전에 이 장로님이 말씀하셨던 것처럼 새 술은 새 부대에 담는 것이 낫겠지요."
"잘 생각했다."
도현의 말이 끝나기 무섭게 세 사람은 웃었다.
이틀 동안 그들 역시 많은 이야기를 주고받았고, 앞으로 어떻게 할 것인지를 정했기 때문이다.
"생각했던 계획이 바뀌게 될 텐데 어떻게 할 생각이냐?"
"아직 많은 것을 생각해 보지는 않았습니다만…… 제일 중요한 것은 역시 세 장로님들입니다. 솔직한 심정으로는 함께하고 싶습니다만, 천마성이 완전히 사라진 지금 세 분이 떠난다 하더라도 제가 막을 수는 없습니다."

"후후후, 그거야 그렇지."

"하지만 마음이 그렇다는 것이지 실제로 떠나려고 한다면 전력을 다해서라도 막을 겁니다. 제겐 그럴만한 충분한 힘이 있는데다가…… 앞으로 마도(魔道)의 미래를 위해서라도 반드시 세 분은 함께하셔야 합니다."

단호하면서도 어떻게 본다면 협박과도 비슷한 말이지만 그것을 듣고도 세 사람은 기분 나빠 하지 않았다.

오히려 도현이 확실하게 마음을 먹은 것 같아 기뻐할 뿐.

"불쾌하실 수도 있으나…… 마도의 미래를 위해 저와 함께해 주십시오. 두 번 다시 힘없이 무너지는 모습은 보여드리지 않겠습니다!"

고개를 깊이 숙이며 외치는 도현을 보며 마선의는 고개를 끄덕이며 월영마검을 보았고, 그것은 거력마웅 역시 마찬가지였다.

그에 월영마검이 입을 열었다.

"좋아. 우리는 이미 너와 함께 하기로 했었으니 얼마든지 힘이 되어주마. 하지만 조건이 있다."

"말씀하십시오. 제가 할 수 있는 것이라면 얼마든지 해드리겠습니다."

고개를 숙여오는 도현에게 월영마검은 말했다.

"모든 일이 끝나고 나면 우리는 은퇴하겠다. 그때 조용히 보내주었으면 좋겠다. 결코 네가 세울 문파에 해가 되는 행동은 하지 않으마."

"그래. 힘들게 뛰어다닌 만큼 우리도 말년에는 하고 싶은 것을 하면서 유유자적하게 지내고 싶다."

월영마검과 마선의가 차례로 말하자 도현은 잠시 고민하다 고개를 끄덕였다.

당장 이들의 도움은 필수적이다.

게다가 세 사람이 내건 조건은 도현으로서도 어렵지 않게 들어 줄 수 있는 것들이었다.

게다가 그들이 자신을 배려하고 있다는 것도 알고 있다.

자신이 새로운 문파를 세우고 나면 천마성의 흔적은 자연스럽게 사라져야 하는데, 강자인 그들이 계속해서 버티고 있다면 천마성의 흔적을 지우기 무척이나 어려워진다.

아무리 구성하고 있는 인원이 천마성의 마인들이라 하더라도 그 핵심이라 할 수 있던 장로들이 사라진다면 자연스럽게 도현의 문파에 녹아들 것이다.

진정 도현이 마도의 미래를 위해 천년 그 이상을 갈 문파를 만들고자 한다면 반드시 치러야 하는 일이기에 그들은 때가 되면 알아서 사라지겠다 말하고 있는 것이다.

"잘 부탁드리겠습니다."

"우리야 말로 잘 부탁해. 그보다…… 새로 세울 문파의
이름은?"

"아직 정하지 못했습니다. 그것은 조금 더 생각을 해볼
예정입니다만…… 임시로라도 천마성의 이름을 그대로 빌
려 쓰고 싶습니다. 어차피 사람들을 모으기 위해서라도 천
마성의 이름은 지금 필요로 하고 있으니까요."

월영마검도 그 말에는 납득 할 수 밖에 없었다.

당장 흩어진 마인들을 모으기 위해선 천마성의 이름을
내세우는 것이 가장 좋은 방법인 것이다.

"그렇다면…… 임시지만 앞으로 성주라 부르면 되겠
군."

"하지만……."

"월영마검(月影魔劍) 심태광! 성주님께 인사드립니다!"

"마선의(魔仙醫) 마량! 성주님께 인사드립니다!"

"거력마웅(巨力魔雄) 신도광! 성주님께 인사드립니다!"

쿠쿵! 쿵!

일제히 인사를 하며 무릎을 꿇는 세 사람.

그 모습에 깜짝 놀라며 도현은 그들을 일으키려 했지만
세 사람 모두 조금의 미동도 하지 않는다.

"지금부터 우리는 성주님의 휘하에 들어가 약속을 다하
는 그 날까지 충성을 받칠 것이며, 전심전력으로 성주님의

명을 받들겠습니다!"

세 사람이 동시에 외치는 그 말에 도현은 그제야 긴 한
숨과 함께 고개를 끄덕일 수밖에 없었다.

지금 세 장로는 각오를 새로 하고 있는 것이다.

새로운 미래를 향해.

◐

"백도맹을 완전히 찢어 놓기 위해서 가장 효율적인 방
법은 무엇일까?"

"예?"

갑작스레 자신을 찾아와 아무렇지 않게 묻는 허독량을
보며 혈뇌(血腦)는 속으로 크게 당황했지만 겉으로는 최대
한 그런 모습을 보이지 않았다.

하지만 애초 그런 모습에는 관심이 없는 듯 허독량은 집
무실의 책상에 엉덩이를 걸치며 다시 물었다.

"대계의 계획 중에는 분명 백도맹을 찢어 놓는 것도 있
었어. 그렇지? 그런데도 사부가 내게 그런 명령을 내렸다
는 것은 일이 잘 풀리지 않고 있다는 말인데, 맞나?"

"……그렇습니다. 본래라면 벌써 찢어 놓았어야 할 테
지만 급작스런 일들로 인해 대계의 순서가 밀리면서 그럴
만한 기회를 찾지 못하고 있습니다."

"본래대로라면 벌써 사황성과 충돌을 일으켜야 했던 건
가?"

"잘 알고 계시는 군요."

고개를 끄덕이며 차분히 대답하는 혈뇌를 보며 허독량
은 재미있다는 듯 씩 웃으며 말했다.

"솔직하게 말해서 혈뇌 당신은 사부님의 사람이지, 내
사람은 아니야. 설령 내가 교주의 자리에 오른다 하더라도
사부님과 함께 그 자리에서 내려 올 사람이지."

"……그렇습니다."

침착하게 대답을 하는 혈뇌.

실제로 혈뇌는 충성을 맹세한 혈마가 교주의 자리에서
물러나면 그 역시 군사직에서 물러설 생각이었다.

머리를 쓰는 것을 좋아하긴 하지만 평생 이러고 살고 싶
지는 않았던 것이다.

그런 혈뇌의 머릿속을 들여 보기라도 한 듯 허독량은 웃
으며 다시 말했다.

"아아, 당신을 말릴 생각은 없어. 충분히 본교를 위해
일해 주었으니 쉬고 싶다면 쉬게 해주어야지. 하지만 아직
은퇴할 생각이 없다면 날 좀 도와줘야 하겠어."

할짝.

혀로 입술을 닦는 허독량을 보며 혈뇌는 순간 온 몸에
한기가 솟아오른다.

위험.

그 한 단어 밖에 생각나질 않는다.

솔직하게 말해서 지금 모시고 있는 혈마도 무서운 인물이라 생각했지만 허독량은 더욱 무서운 자였다.

이대로 성장한다면…… 그 끝을 알기 무서울 정도로.

"무엇을 하고 싶으신 겁니까?"

"아까 말했잖아? 백도맹을 찢어 놓고 싶다고. 사부님이 내리신 명령이니 빨리빨리 처리해야 하지 않겠어?"

천진난만하게 웃는 모습에 혈뇌는 한 숨을 내쉬며 자리에서 일어서서 중원 지도를 가져다가 다시 앉는다.

"현재 백도맹은 구파일방과 오대세가로 나뉘어서 크게 싸우고 있는 중입니다. 그럼에도 불구하고 서로 손을 놓지 않는 것은 백도맹으로서 이룬 것이 너무나 많기 때문입니다. 쉽게 말해 서로의 이득 때문에라도 그 형체를 유지하고 있다고 보면 됩니다."

"큭큭, 역시 쓰레기 같은 정파 놈들이야."

"그렇겠죠. 어쨌든 사황성을 견제해야 한다는 대의명분까지 있으니 거기까진 이야기가 나가지 않았을 겁니다. 백도맹에 심어 놓은 자들을 적극 활용하여 움직이고 있지만 아무리 해도 진도가 나가진 않더군요."

"쉽게 말해서 걸려있는 게 너무 크다보니 반대로 건드리기 어렵게 되어버린 것이다?"

그의 말에 혈뇌는 고개를 끄덕이며 지도를 짚는다.

"오대세가는 수장인 남궁세가를 중심으로 똘똘 뭉쳐있습니다. 게다가 그들을 받치고 있는 중소문파의 수도 엄청난 것이라 구파일방으로서도 쉽게 움직일 수 없습니다. 구파일방 역시 그 수가 모자란 것은 아니지만, 자유로운 세가들에 반해 어느 정도 밀리는 감이 있는 것은 사실이지요. 반대로 세가들은 지지가 확실한 구파일방의 본거지 쪽으로는 쉽게 발을 딛지 못하는 것이고요."

"물고 물리는 관계라는 것은 알겠는데, 그래서 결국 뭘 어떻게 해야 한다는 것이지?"

긴 설명을 듣고 있는 것이 귀찮았던 모양인지 혈뇌를 향해 퉁명스럽게 말하는 허독량.

그에 혈뇌는 한숨을 내쉬며 말했다.

"현재 백도맹주의 제자인 제갈강의 곁에 낙월이 있습니다."

"그녀석이?"

낙월에 대해선 허독량도 잘 알고 있었다.

여러 가지로 재주가 많은 놈이지만 집착이 너무 강하기 때문에 신중한 임무를 맡기엔 부적격한 자였다.

절로 얼굴을 일그러트리는 그.

"쓸만한 사람이 없었던 건가? 하필이면 그놈을……."

"성격이 그렇기는 하지만 이번 임무에는 최적이라 생각

했습니다. 그리고 보란 듯이 환혈마뇌고(幻血魔腦蠱)를 제 갈강에게 심어 놓는 것에 성공했습니다. 지금은 완전히 낙월의 장난감이 되어 원하는 대로 움직이고 있습니다."

"흐응……."

의외라는 듯 혈뇌를 보던 허독량은 곧 뭔가가 떠오른 듯 웃으며 물었다.

"그 환혈마뇌고라는거 놈에게도 먹였겠군."

"……뒷일을 생각해야 하니까요. 아무런 장치도 없이 폭탄 같은 놈을 중요임무에 투입 할 수는 없는 일 아니겠 습니까?"

혈뇌의 대답에 허독량은 크게 웃었다.

"크하하핫!"

땅을 치고 웃는 그.

얼마나 웃는 것인지 숨을 제대로 쉬지 않아 얼굴이 빨개 질 정도로 웃던 그가 한참 만에 정신을 차리곤 다시 본래 의 자세를 잡는다.

"재미있는 짓을 했군. 그래도 아들인데 말이야."

"……."

그랬다.

낙월은 혈뇌의 하나 밖에 없는 아들로서 어린 시절부터 허독량과 함께 자라났었다.

그렇기에 허독량이 낙월에 대해 알고 있는 것이다.

하나 밖에 없는 아들의 머리에 환혈마뇌고를 심었을 것이라곤 누구도 상상치 못한 일이니, 혈뇌가 마음을 먹는다면 얼마나 냉정해질 수 있는 인물인지 잘 알 수 있었다.

짝짝!

"대단해! 당신이야 말로 진정 본교의 군사가 될 자격이 있는 사람이었어."

"해야 할 일을 했을 뿐이지요."

덤덤하게 대답하며 혈뇌를 구룡무관이 존재하는 무한을 짚었다.

"이곳입니다. 백도맹을 찢어 놓기 위한 최고의 방법은 이곳을 이용하는 것입니다."

"무한? 무한 자체를 이용하자는 것은 아닐 테고…… 구룡무관인가?"

"그렇습니다. 구룡무관 출신과 그렇지 않은 자들 간의 알력다툼은 상상을 초월하는 것이니 그것을 적당히 이용하고 구파일방과 오대세가의 알력 다툼까지 이용한다면 어렵지 않게 그들은 돌이킬 수 없는 강을 건너게 될 것입니다. 그러기 위해선 우리는 작은 준비만 하면 됩니다."

"무슨 준비지?"

이제야 본격적인 이야기가 나오자 허독량은 즉시 책상에서 내려와 혈뇌의 맞은편에 자리를 잡고 앉았다.

"대규모의 무림대회를 개최하는 것입니다."

"무림대회? 그걸로 뭐하게?"

"보통은 그것을 빌미로 모인 명사들을 죽인다거나 하겠습니다만, 이번엔 경우가 다릅니다. 진짜 무림대회를 개최하면 저들은 스스로 무너져 내릴 겁니다."

"흠…… 무슨 말인지 모르겠군."

고개를 흔드는 허독량.

혈뇌의 생각을 도저히 알 수가 없었기에 그는 더 이상 입을 열지 않고 혈뇌를 보았다.

"현재 무림에서 대규모의 무림대회가 열린 것은 무척이나 오래 전의 이야기 입니다. 상단 등에서 무사들을 뽑기 위해 소규모로 진행을 하는 경우는 있었지만, 각 파의 대표들이 나와 겨루는 경우는 거의 없었지요."

"그렇기는 하지. 천마성, 사황성, 백도맹이 서로 눈치를 보고 있던 상황이니 전력을 드러낼 우려가 있는 무림대회를 개최 할 바보는 없었겠지."

"그렇습니다. 하지만 이젠 사황성과 백도맹 만이 남게 되었으니…… 무림대회를 개최하기에 최적의 상황인 것이지요. 은근히 사황성과 백도맹의 자존심을 부추기면 각파의 정예들이 쏟아져 나올 겁니다."

"그거야 그렇다 치고, 왜 대회를 여는데 백도맹이 스스로 무너진다는 것이지?"

그 물음에 혈뇌는 빙긋 웃으며 답했다.

"자존심은 때론 무엇보다 중요해질 때가 있지요. 특히 정파라면 더더욱 자존심을 중히 여기는 자들. 보이지 않는 치열한 싸움이 있을 것입니다."

"아…… 그렇군. 대회의 주최자가 대전표를 조작하는 것쯤은 어렵지 않은 일이니 구파일방과 오대세가의 무인들을 서로 겨루게 만들자는 것이로군."

"그렇습니다. 그리된다면 자연스럽게 그들은 서로의 감정을 드러내게 될 것입니다."

아무렇지 않게 말을 하는 혈뇌였지만 이 짧은 시간 이런 계획을 생각해 내었다는 것이 과연 혈교의 머리가 불리는 자다웠다.

만약 다른 누군가가 이런 계획을 세우려 했다면 꽤 오랜 시간이 걸렸을 테다.

"그런데 무림대회를 개최 할만한 곳이 있나? 무림 문파들을 모으려면 어지간한 곳으로는 안 될 텐데?"

"음…… 교주님의 재가가 필요한 사항입니다만 당장 사용할 만한 곳이 있긴 합니다."

"어디지?"

"태랑상단입니다."

"태랑상단? 십대상단인가 뭔가 하는 놈들 아니었나?"

"맞습니다. 그곳의 상단주를 환혈마뇌고로 조종하고 있습니다. 본교의 든든한 자금줄 역할을 하고 있었는데 이런 식으로 사용을 하게 될 줄은 몰랐군요. 표면적으로는 저희가 움직이는 것은 아니니 어떠한 흔적도 남기지 않을 겁니다."

"태랑상단이라…… 나쁘지 않겠군. 사부님의 허락만 있다면 된다 이거지?"

"예."

고개를 끄덕이는 혈뇌를 보며 허독량은 자리에서 일어섰다.

혈뇌가 계획을 세웠으니 그것을 실행하는 것은 온전히 허독량의 능력이다.

방을 빠져나가는 허독량의 뒤를 보고 있던 혈뇌는 고개를 흔들었다.

"어렵군, 어려워."

허독량은 위험한 존재였다.

혈교와 같은 거대한 조직을 이끌기 위해선 냉정한 판단과 때론 포기 할 줄도 알아야 하는데, 그에겐 그런 것이 없었다.

본래 그는 허독량보다는 빙설하가 교주의 후계가 되기를 바라고 있었다.

재능도 재능이지만 조직을 이끌어 갈 수 있는 힘이 그녀에게 있었다.

느리지만 탄탄한 지반을 꾸려가던 그녀가 불의의 사고로 죽은 것은 온전히 허독량 때문이었다.

불의의 사고라고 알려졌지만 그 사고가 허독량의 계략에 의한 것임을 모르는 자가 없을 정도였다.

그녀가 죽음으로서 가장 큰 것을 얻는 자가 바로 허독량일 테니까. 뿐만 아니라 그녀의 죽음에 쏠리는 수많은 의문점들 까지.

하지만 그뿐이다.

이미 허독량은 권력을 쥐었고 누구도 그를 비난 할 수 없었다.

자칫 비난을 했다간 언제 어디서 어떻게 될지 모른다.

그는 빙설하를 해치우는 것으로 그것을 몸으로 보여준 것과 마찬가지인 것이다.

'혈교의 미래를 생각한다면 역시 제대로 된 후계를 구하는 것이 나을 것이지만, 교주님은 생각을 바꾸시지 않으시겠지. 역시 교주님이 은퇴하면 나도 물러서야 하겠어. 녀석이 후계가 된다면 더 이상 혈교에는 미래가 없다.'

그는 이미 많은 것을 생각하고 있었다.

지금의 자리에서 물러서려는 것도 수많은 이유들이 있었다. 그 중에서도 역시 가장 큰 것은 허독량이 교주가 된다는 것 때문이지만.

다행이라면 아직 혈마는 그를 소교주로 임명하지 않고 있다는 것이었다.

"후…… 어떻게든 허락을 받아 올 테니 나도 준비를 해

야 하겠군. 나중에 써먹으려고 했던 곳인데…… 어쩔 수
없지."

혈뇌의 움직임이 분주해지기 시작했다.

문파를 일으켜 세운다는 것은 무척이나 어려운 일이다.

자금, 무력, 정보력…… 그 외에도 수많은 것들을 필요
로 하고 그 모든 것을 갖추고서도 쉽게 개파 할 수 없는 것
이 바로 문파다.

특히 그것이 일정한 이상의 규모를 지니고 있는 것이라
면 더욱 그러하다.

아예 백지상태에서부터 시작을 한다면 모르겠지만, 도
현들은 백지에서부터 시작하는 것은 아니었다.

엄청난 자금이 있고, 강력한 무력이 있다.

정보력은 조금 아쉽기는 하지만 막대한 자금을 이용한
다면 어렵지 않게 만회할 수 있을 터다.

이처럼 오히려 가지고 있는 것 때문에 도현은 골머리를
싸매야 했다.

특히 당장 휘하에 있는 무인들만 해도 근 이천에 달한다.

과거 천마성과 비교한다면 작지만 중원을 기준으로 한
다면 중대형 문파로 분류 될 수 있는 크기였다.

게다가 그 인원 전부가 일류 이상의 실력을 지닌 자들이었다. 더욱이 마공 특유의 파괴력을 생각한다면 무시무시한 숫자인 것이다.

톡, 톡, 톡.

연신 손가락으로 책상을 두드리며 뚫어져라 중원 지도를 내려다보는 도현.

천마성이 아닌 자신의 문파를 세우기로 결정한 이상 가장 먼저 해야 할 것은 문파가 들어설 부지를 정하는 것이다.

과거 천마성이 있던 곳은 적들의 공격을 막아내기도, 반대로 공격하기도 용이한 곳이었다. 게다가 물자의 보급 역시 자유로운 대단히 좋은 위치였다.

당연히 천마성이 있던 자리가 가장 좋겠지만 도현은 의식적으로 그곳을 지웠다.

한 번 무너진 자리에 또 다시 문파를 세운다는 것이 내키지 않았던 데다, 마음 속 어디에선가 더 좋은 곳이 있을 것이라 소리치고 있었다.

"후…… 어렵군. 사부님은 대체 어떻게 이런 것들을 해내셨던 것인지."

근래 아픈 머리를 생각하면 절로 패마에 대한 존경심이 솟아오를 정도다.

간단하게 보이지만 결코 쉽지 않은 것이 부지 선정이었다.

"일단 목표를 확실히 해야지. 내가 원하는 것은 천년이 지나도 무사한 문파이니…… 최대한 적의 침입이 어려운 곳이어야지. 물자의 보급은 편하면 좋겠지만 굳이 그렇지 않더라도 무인들을 동원하면 될 일이야. 결국 제일 큰 조건은 '방어'에 유리한 곳인가?"

연신 중얼거리면서도 지도에서 눈을 때지 않는 도현을 방해하는 손이 갑작스레 나타났다.

깨끗하고 화사한 손은 재빠르게 지도 위를 움직이기 시작했고, 그 모습에 도현은 피식 웃으며 고개를 들었다.

"왜? 심심해?"

"응!"

환하게 웃고 있는 빙설하가 어느새 도현의 앞에 서 있었다.

그녀의 존재는 아무래도 좀 붕 떠 있는 것이 사실이다.

천마성 출신의 무인들이 가득 모인 이곳에서 혈교 출신의 무인인 그녀이다 보니 자연스럽게 다른 이들과 쉽게 어울리지 못하고 있었다.

딱히 다른 사람들이 거부하는 것은 아니지만 풍기는 기세에서 자신도 모르는 사이 다른 사람들을 피하고 있는 것이다.

그러면서도 용케 가장 마기를 심하게 풍길지도 모르는 도현에겐 쉽게 매달리는 것이 신기하긴 하다.

하지만 도현은 몰랐지만 이 방을 벗어나는 순간부터 그녀에겐 감시의 시선이 붙는다.

언제 기억이 돌아올지 모른다는 마선의의 의견을 받아들인 월영마검이 수하들로 하여금 그녀를 감시하게 한 것이다.

자칫 기억이 돌아온 것을 모르고 있다가 혈교에게 크게 뒤통수를 맞는 것만큼은 사양하고 싶었기 때문이다.

"다른 사람들이 안 놀아줘?"

"응…… 심심해. 언니 왜 안와? 언니 보고 싶어."

소진이 보고 싶다며 칭얼대는 그녀의 머리를 쓰다듬은 도현은 자리에서 일어섰다.

한 번 이렇게 칭얼대기 시작하면 자신이 나서서 놀아주기 전까지는 기분이 풀리지 않는다는 것을 그동안의 경험으로 잘 알기 때문이다.

어차피 계속해서 머리가 아프던 상황이었으니 이번 기회에 쉬어주는 것도 나쁘지 않을 테다.

"자, 나가서 놀아볼까?"

"정말? 진짜지?! 와아아−!"

신나하며 앞장서서 움직이는 그녀의 뒤를 도현이 웃으며 뒤따른다.

"흠…… 괜찮을지 모르겠군."

창밖으로 도현과 설하가 함께 움직이는 것을 본 월영마검의 말에 마선의는 고개를 저으며 말했다.

"실력만 따져도 어떻게 할 수 있는 상황이 아니니 문제는 없을 겁니다. 언제 기억이 돌아올지 모른다는 것이 걱정이 되긴 하지만, 그걸 막을 수도 없는 것 아닙니까."

"그렇기야하지."

그제야 고개를 끄덕이며 마선의와 마주해 앉는 그.

"밖에서 전해온 소식에 의하면 천룡검문의 일은 생각보다 잘 풀려서 중원 전역이 떠들썩한 모양입니다. 이 정도라면 숨어 있는 이들도 충분히 들을 수 있을 것 같습니다."

"백도맹의 대응은?"

"어떻게든 소문을 불식시키려고 하고 있지만…… 그게 어디 쉽겠습니까? 이미 퍼져버린 소문이니 만큼 그들도 이젠 손을 놓는 것 같습니다."

"흠…… 주변의 눈은?"

"이전보다 많이 완화되었다고 합니다. 천룡검문을 조사하기 위해 수많은 무인들이 투입되었을 뿐만 아니라 어떻게 해서든 성주님의 정보를 얻기 위해서 분주하게 움직이고 있다고 합니다. 그보다 주군을 두고 성주님이라고 부르려니…… 좀 어색한데요?"

마선의가 어색한 미소를 지으며 말을 하자 월영마검 역시 마찬가지라는 듯 웃으며 답한다.

241

"익숙해져야지. 우리가 빨리 익숙해질수록 밑의 사람들도 익숙해지는 법이야. 지금은 성주님에게 조금이라도 많은 힘을 집중시켜야 할 때이니 만큼 조금 더 신경 써야지."

"당연히 그렇게 해야죠. 그보다 이럴 때 자현 형님이 계셨다면 좋을 텐데 말입니다. 형님의 정보력과 발이라면 금세 숨어있는 다른 사람들을 찾아내었을 텐데요."

"없는 놈을 억지로 찾을 수 없는 일이지."

쓰게 웃는 월영마검.

천마성 삼 장로의 위치에 있던 혈영신투(血影神偸) 자현은 성의 정보력을 담당하고 있었기에 그가 합류한 상황이었다면 앞으로의 일이 더욱 쉬워졌을 터였다.

"귀가 밝은 놈이니 만큼 소문을 듣고 스스로 찾아 올 수도 있을 것이다. 본래 떠돌아다니는 것을 좋아했으니 감시망을 어렵지 않게 뚫을 수 있겠지."

"하긴. 자현 형님이라면 가능한 일이겠지요. 그러고 보니 자현 형님을 따라간 녀석들도 대부분 정보와 관련이 있는 놈들이었으니 어쩌면 조만간에 찾아 올 수도 있겠는데요?"

그제야 생각이 난다는 듯 마선의가 말하자 월영마검은 그걸 이제 생각했냐는 듯 타박을 하며 자리에서 일어섰다.

"어찌되었건 이제 성주님만 믿고 달려가는 수밖에."

"맞는 말입니다."

마선의가 자리에서 일어서며 맞장구를 친다.

天魔飛上 9章.

9 章.

"우와 이건 좀 심한데?"

연신 질퍽이며 발목을 붙드는 땅이 마음에 들지 않는 듯 광호가 연신 투덜거리자 그의 뒤에 바짝 붙어 움직이던 단리한이 광호의 등을 툭툭 때리며 말한다.

"멈추지 말고 가요, 형님. 멈출 때마다 발목까지 잠겨서 힘들어 죽겠어요."

"아, 미안."

재빨리 사과를 하며 발걸음을 옮기는 광호.

운남 밀림의 깊은 곳에 자리를 잡은 독문 덕분에 우혁들은 누구의 눈치도 보지 않고 움직일 수 있게 되었지만, 반대로 그것 때문에 필요한 물건이 생길 때마다 밖으로 나가는 것에 어려움을 겪고 있었다.

시도 때도 없이 내리는 비 때문에 바닥은 질척이고, 재수 없게 늪이라도 만난다면 순식간에 몸이 빨려 들어간다.

그나마 실력이 되는 이들은 어떻게든 빠져 나오지만 그것이 안 되는 자들은 죽는 수밖에 없었다.

보통의 늪이라면 시간을 두고 빠져 들어가니 어떻게든 구할 시간이 있었지만, 이곳의 늪은 그럴만한 틈도 주지 않을 정도로 순식간에 빨려 들어가곤 했다.

그렇다고 나무를 딛고 움직이자니 위험 부담이 너무 컸다.

사람이 땅으로 움직이기 어려운 만큼 수많은 동물과 독충들 역시 나무 위에서 생활을 하고 있었던 것이다.

특히 해약도 없는 놈들에게 물리게 된다면 정말 끝장이었기에 힘들더라도 이렇게 땅으로 움직이는 수밖에 없었다.

"으…… 왜 하필이면 이런 일을 맡아가지곤."

"이쪽 말을 능숙하게 할 수 있는 것은 형님 밖에 없으니까 그렇지요. 게다가 역용술에도 능숙하고요."

"뭐, 난 유능한 몸이니까! 그런데 넌 왜 따라 나온 거냐? 역용술도 모르면서."

"그거야…… 이걸로 대체하면 되는 거죠."

품에서 뭔가를 꺼내 보이자 광호가 깜짝 놀란다.

"인피면구?! 그걸 대체 어디서?"

"독문의 창고를 뒤지다가 찾았습니다. 물어보니 사용해도 된다고 하더군요."

"그래? 하…… 이거 잘 만들었네?"

진짜 사람피부처럼 정교하게 잘 만들어진 인피면구를 보며 감탄하던 그는 곧 단리한에게 다시 돌려주곤 발걸음을 옮긴다.

광호를 선두로 단리한이 따르고 그 뒤를 다시 십여 명의 수하들이 함께하고 있었다.

한번 움직일 때마다 필요한 생필품의 양이 대단히 많은데 반해 독문까지 가져갈 방법이 없기에 무인들을 동원하는 것이다.

게다가 한 곳에서 많이 구입할 경우 의심을 살 수도 있기 때문에 최대한 멀리 움직여 돌아오면서 조금씩 그 양을 늘려가고 있었다.

한 번 갔던 곳에는 다음번에는 가질 않는다.

중원 안에서였다면 이런 방법을 쓴다 하더라도 쉽게 발각이 되겠지만 운남에선 이런 방법만으로도 충분했다.

백도맹이나 사황성의 정보력이 이곳에선 크게 미치지 않는다는 것을 광호는 잘 알고 있었던 것이다.

평소 놀길 좋아하는 광호지만 사부인 혈영신투를 따라 수많은 정보를 접했고 또 정보를 다루는 것을 좋아했기에 그쪽에 있어선 일행 누구보다 뛰어난 감각을 가지고 있었다.

그렇게 광호와 단리한이 필요한 것들 구하기 위해 위험 천만한 밀림을 통과하고 있을 때 우혁은 자신의 방에 틀어박혀 수련을 하는 것에 집중하고 있었다.

앞으로 일이 어떻게 되었든 가장 필요한 것은 힘이었다.

동생들을 비롯해 수하들 모두가 지금 믿고 의지하는 것은 우혁 자신이었기에 그 믿음에 보답을 하기 위해서라도 지금보다 더 강해질 필요가 있었다.

"후욱……."

검집을 벗기지 않은 검의 끝에 매달린 무거운 쇠.

중심이 맞질 않을 뿐더러 강한 힘을 필요로 할 것 같은 그것을 우혁은 오른팔 하나로 정확하게 버티고 서 있었다.

조금도 흔들리지 않는 검.

주륵.

이마를 타고, 몸을 타고 흥건하게 흐르는 땀.

그런데 움직이지 않는 것처럼 보이던 검이 자세히 보니 움직인다.

아주 천천히.

지극히 느린 속도로.

눈 깜짝할 사이면 검을 휘두르던 그가 지금은 엄청난 시간을 들여 검을 휘두르고 있었다.

한번 올라간 검이 떨어져 내리기까지 걸린 시간은 일각.

다시 올라가는 데도 일각이란 시간이 걸린다.

어지간한 집중력과 힘이 없이는 불가능한 일이다.

그것을 무려 한시진이나 반복을 하던 그가 수련을 멈춘 것은 방문을 두드리며 예미영이 안으로 들어왔기 때문이다.

"와, 땀 냄새! 문 좀 열어놓고 해요!"

들어오자마자 방안 가득 풍기는 땀 냄새에 질색을 하며 재빨리 창문을 전부 열어버리는 그녀.

창문을 전부 열자 그나마 땀 냄새가 가시는 듯 했지만 밀림에는 바람이 잘 불지 않기 때문인지 완전히 사라지진 않는다.

예미영은 그것이 불만인 듯 했지만 어쩔 수 없는 상황이라는 것을 알기에 한쪽에 마련된 자리에 앉았다.

곧 우혁이 수건으로 땀을 닦으며 마주 앉는다.

"무슨 일이냐?"

"이곳에서 계속 수련만 하고 있을 생각이에요?"

"흠…… 당분간은 그러는 수밖에 없겠지. 우리만으로는 무엇도 하기 힘드니까."

그의 말에 예미영은 얼굴을 찡그리면서도 뭐라 말을 하진 않는다. 그녀도 답답한 마음에 찾아오긴 했지만 지금 자신들로선 아무것도 할 수 없다는 것을 알고 있는 것이다.

"그렇다고 이렇게 계속 독문에 틀어 박혀 있을 수도 없는 일이잖아요. 중원의 소식이라도 좀 알아봐야 하지 않을까요?"

"벌써 광호가 정보를 모으고 있으니까 걱정 마. 입으로는 밖으로 나가는 것을 툴툴거리면서도 꾸준히 하고 있는 것은 자신이 무엇을 해야 하는지 알고 있기 때문이니까. 게다가 얼마 전에는 꽤 재미있는 소문을 가지고 왔더군."

"소문이라뇨?"

자세를 바로 잡으며 우혁은 천천히 입을 연다.

"소성주께서 살아계신 것 같다."

크게 놀라 뭐라 말이 나오질 않는 듯 입을 벌린 채 아무 말도 하질 못하는 예미영.

그런 그녀의 반응을 이해 한다는 듯 잠시 보고 있던 우혁은 계속해서 말을 이었다.

"아직 확실한 것이 아니기 때문에 말을 하지 않고 있었지만, 무너진 천마성의 공터에 소성주님으로 추측되는 사람이 나타났었다는 정보가 있었다. 이번에 광호가 나간 것도 이 일을 제대로 알아보기 위함이다."

"만약…… 진짜…… 라면요?"

떨리는 목소리로 묻는 그녀를 보며 우혁은 단호하게 답했다.

"가야지. 그분의 곁으로."

"형님, 형님!"

우당탕탕!

요란한 소리를 내며 아직 돌아올 때가 되지 않았음에도 불구하고 홀로 돌아온 광호.

"무슨 일이냐?!"

갑작스런 상황에 깜짝 놀라며 밖으로 나오는 우혁과 사람들.

"맞습니다! 맞았다고요! 소성주님이 맞았습니다! 살아계신 것이 맞았습니다!"

"……우와아아아아!"

무슨 말인지 몰라 하던 천마성 무인들이 일제히 함성을 내지른다.

죽었을 것이라 생각했던 소성주가 살아있다는 것에 놀라면서도 진심으로 기뻐하고 있는 것이다.

우혁 역시 당장이라도 소리를 내지르고 싶을 정도였지만 최대한 흥분을 감추고 광호를 데리고 자신의 방으로 향한다.

자리를 마주하고 앉은 두 사람의 사이에 어느새 달려온 예미영과 이곳의 주인인 무흔독검 이상윤이 함께 자리한다.

무흔독검이라면 충분히 이야기를 들은 자격이 있다고 판단한 우혁은 그를 쫓아내지 않고 거친 숨을 어느 정도 가다듬은 광호에게 물으려 했지만 그보다 먼저 미영이 나섰다.

"오라버니 빨리 말해 봐요! 진짜예요?"

"그래. 지금 중원 전역에 소문이 파다하다고 하더라. 소성주님께선 지금 스스로를 천마라 칭하시며 마도의 자존심을 세우기 위해 고분분투 하시는 모양이야. 다른 분들은 잘 모르겠지만 칠 장로님은 소성주님과 합류한 것이 확실한 모양이고."

단숨에 자신이 알아온 이야기를 풀어놓는 광호.

그 뒤를 이어 진위여부를 파악하기 위해 또 다른 이야기들을 광호는 쉬지도 않고 단숨에 털어 놓는다.

일각을 넘는 시간 동안 광호의 목소리만이 방 안에 가득 울려 퍼진다.

"그렇게 해서 진짜라고 제가 생각하게 된 겁니다."

"오라버니가 그렇게 판단을 했다면 그런 것이겠죠. 그보다 이제 어떻게 하실 생각이에요?"

미영의 물음에 모두의 시선이 우혁에게 향한다.

지금 일행의 선택권은 우혁이 쥐고 있는 것이나 마찬가지였기에 그의 선택이 없다면 어떠한 것도 할 수 없었다.

"당연히…… 움직여야지. 소성주님께서 돌아오신 이상

우리가 해야 할 일은 간단하다. 최대한 빠른 시간 안에 합류하는 것."

"이곳을 빠져나가는 데도 시간이 제법 걸릴 겁니다. 행방이 묘연한 상태에서 쉽게 움직일 수는 없는 일입니다."

다급히 상윤이 말을 하자 그제야 모두들 아차 싶은 지 고민에 빠진다.

하지만 고민은 길지 않았다.

"이렇게 된 것 밖으로 나가는 동안 최대한 정보를 수집하는 수밖에 없습니다. 소성주님의 생존 소식을 들었으니 모두들 움직이고 싶어서 근질근질 거릴 겁니다."

광호의 말에 우혁은 고개를 끄덕이며 말했다.

"그것도 나쁘지 않지만 소성주님의 생각을 파악하는 것이 중요하다. 그분께선 어떻게든 다시 천마성을 세우려고 하실 텐데…… 그러기 위해선 제일 중요한 것이 돈과 무력 그리고 정보력."

"음…… 사부님이 합류하지 않았다면 정보력에 있어선 아직 미흡한 상태일 겁니다. 다른 것은 몰라도 그쪽에 있어선 사부님이 전권을 쥐고 계셨었으니……."

"연락할 방법은 없겠나?"

그 물음에 광호는 안타깝다는 듯 고개를 젓는다.

"이곳으로 오는 동안에도 여러 가지 방법을 취해봤지만 어떤 것도 통하지 않았습니다. 다들 지하로 숨었거나……

아니면 연락망 자체가 파괴되었을 겁니다. 연락체계를 전부 파악하고 있다면 괜찮겠지만, 전 아직 거기까진……."

아쉬운 듯 입을 다시며 말하는 광호.

없는 것은 어쩔 수 없기에 우혁은 잠시 눈을 감고 고민을 하다 머릿속을 스쳐가는 한 가지 생각에 곧 바로 이야기를 꺼냈다.

"만약 소성주님 곁에 인원이 제법 모였다면…… 거점을 찾으려고 하지 않을까?"

"아……!"

그제야 모두들 고개를 끄덕인다.

당장 자신들만 하더라도 겨우 오백에 불과한 인원임에도 불구하고 쉽게 몸을 감출 수 있는 장소를 찾기 어려웠다.

그보다 인원이 많다면 두말 할 필요도 없다.

"하지만 어디를 선택할지 전혀 모르지 않습니까?"

광호의 물음에 우혁은 머릿속에 떠오르는 장소가 한 곳 있었다.

"오래전에 소성주님과 일을 해결하기 위해 움직였을 때 그분이 하셨던 말이 있지. 그땐 지나가는 말이었지만…… 지금으로선 가장 가능성이 높은 곳이지."

이어지는 우혁의 설명에 모두들 고개를 끄덕인다.

그리고 그날 오후 늦게 합류한 단리한들 때문에 하루를

더 쉬고 나서야 우혁들은 독문을 벗어나 움직이기 시작했다.

다.

　　　　　　　　　　　◐

　"십만대산이라…… 너무 멀지 않겠습니까? 게다가 험하기로는 손에 꼽히는 곳이지 않습니까?"

　도현의 말에 마선의가 반대하고 나섰지만 의외로 월영마검은 괜찮은 듯 고개를 끄덕인다.

　"험한 곳이고 중원에서 멀리 떨어진 신강에 위치하고 있지만 그렇기에 오히려 좋다고 생각합니다. 금화상단이 있는 이상 물자를 보급하는 것은 그리 어렵지 않을 것이고, 십만대산은 그 자체로 천혜의 요새와 같은 곳이니 그곳에 자리를 잡을 수만 있다면…… 천년 이상을 이어갈 문파를 세울 수 있을 겁니다."

　"흠…… 적의 공격에 대비해 최대한 멀리 그리고 험한 곳에 자리를 잡는다는 것은 좋지만 반대로 우리가 움직여야 할 경우도 생각해야 하지 않겠습니까, 성주님?"

　월영마검의 말에 도현은 이런 질문을 할 줄 알았다는 듯 즉시 대답했다.

　"그만큼 강해지면 됩니다."

　너무나 간단하고 평범한 대답.

하지만 그것보다 더 나은 것은 없었다.

강해진다면 앞에 무엇이 막고 있든 그것이 무슨 상관
이란 말인가? 부수든 피해가든 얼마든지 움직일 수 있
다.

"그러기 위해서 전 전력을 다해 움직일 생각입니다."

"십만대산에 거점을 세우는 일은 결코 쉽지 않을 것입
니다. 그 많은 자재들을 날라야 하는 것도 그렇지만, 중원
의 방해도 적잖을 겁니다."

"당장은 사람이 쉴 수 있는 정도만 되면 됩니다. 큰 건
물을 짓기에는 지금 저희가 가진 힘은 보잘 것이 없습니
다. 튼튼하고 큰 건물은 시간을 들여 천천히 지을 겁니
다."

먼 미래를 확실히 보고 있는 도현의 말에 자리에 함께한
세 사람은 만족스러운 듯 고개를 끄덕였다.

거력마웅은 옆에서 두 사람이 고개를 끄덕이니 같이 움
직일 뿐이지만.

"언제부터 움직이실 생각이십니까? 움직이기에는 지금
이 최고의 적기 같습니다만?"

마선의의 말 대로였다.

중원 전체가 지금 도현을 찾기 위해 혈안이 되어 있었
다.

천룡검문의 제자들을 몰살시키다 시피 한 강력한 힘과

스스로 천마라 칭한 것까지.

그 모든 것이 화제일 뿐만 아니라 어떻게 해서라도 지금
처리하지 않으면 안 된다는 긴장감이 중원에 퍼지고 있는
중이라 감시망이 많이 옅어져 있었다.

이전이라면 대규모의 인원이 움직이는 것은 생각지도
못했겠지만, 지금이라면 약간의 희생을 감수 할 생각을 한
다면 충분히 움직일 수 있었다.

"내일부터 곧바로 이동을 시작할 겁니다. 이 장로님께
서 수고해 주십시오. 전체 인원을 사 등분하여 각 장로님
들께서 하나 씩 맡아 주시고, 마지막으로 제가 남은 인원
을 통솔하여 움직이겠습니다."

"알겠습니다, 그럼."

정중히 고개를 숙이고 사라지는 세 장로를 보며 도현은
안도의 한숨을 내쉬었다.

그날 이후 세 사람은 장소를 가리지 않고 자신에게 상전
대접을 해주고 있었다. 때문인지 수하들도 빠르게 적응을
하며 이젠 도현에게 성주라 부르고 있었다.

장로들의 직책은 그대로 서열까지 유지하고 있었는데,
아무래도 검마에 대한 생각 때문인지 일 장로의 자리를 비
워두고 싶어 했기 때문이었다.

물론 도현이 정식으로 개파를 하고 난다면 그 자리를 채
워야 하겠지만 말이다.

"십만대산이 지금으로선 선택 할 수 있는 최선의 선택이야. 게다가 서역으로 가는 길목이니 만큼 중원의 상단을 의지하지 않더라도 제법 많은 자금을 벌어들일 수 있을 것이고. 오랜 세월 문파가 유지되기 위해선 무엇보다도 자금이 원활하게 공급되어야 하겠지. 특히 그곳에 자리를 잡으려면……"

십만대산은 오지 중에서도 오지다.

그곳에 자리를 잡고 먹고 살기 위해선 그 무엇보다 자금줄이 중요하다.

신강 자체가 척박한 곳이다 보니 무인들이 필요로 하는 먹을 것과 생필품을 구하기 위해선 여러 상단들과 일을 해야 할 필요가 있는데, 그때 가장 필요로 하는 것이 자금이었다.

당장은 금화상단 만으로도 충분하지만 시간이 흐르면 상단 두 셋 정도는 더 필요 할 지도 몰랐다.

물론 상단의 길목이 막히는 최악의 경우도 나름 생각을 해두어야 하는…… 어떻게 생각하면 최악의 자리라 불러도 괜찮을 정도지만 도현은 십만대산에서 생각을 바꾸지 않았다.

과거 탁골문의 일로 인해 신강에 발을 딛었던 도현은 그곳에서 보았던 십만대산의 모습을 잊지 못했다.

거대한 산맥에서 뿜어져 나오는 원초적인 기운.

그곳엔 사람을 압도하는 무엇인가가 있었기에 그곳에 문파를 세운다면 자신이 꿈에 그리는 천년을 지나도 무너지지 않을 세력을 세울 수 있을 것이라 확신했다.

"처음에는 좀 힘들겠지만…… 곧 익숙해지겠지. 게다가 꼭 나쁜 것만 있는 것은 아니지. 남들의 눈치를 보지 않고 마음 것 마공을 익힐 수 있는데다, 온 사방이 산이니 얼마든지 힘을 실험해 볼 수도 있고."

최대한 긍정적으로 생각하며 자리에서 일어서는 도현.

사실 천마성이 세워지기 전에는 마인들은 상당한 지탄을 받으며 살아왔다.

오로지 힘만을 추구하는 자들이기에 때론 잘못된 길에 빠져드는 자들도 있지만, 기본적으로 마인들이 풍기는 마기는 일반인들이 버티기 어려울 정도기 때문이었다.

그러다 보니 마공을 익힌 자들은 수련을 위해 산으로 숨어 들 수밖에 없었고, 자연스럽게 다른 사람과의 교류가 줄어 들 수밖에 없었다.

마인들 중 성격이 괴팍하다고 전해지는 이들 대부분이 그런 식으로 무공을 익히다 보니 사람들과 대화하는 방법을 제대로 모르기 때문에 벌어진 일이었다.

최소한 도현이 구상하고 있는 세력이 제대로 세워지고 난다면 마인들 누구도 세상의 지탄을 받지 않고 살아갈 수 있을 것이다.

'천마성이 오로지 마공을 익힌 자들을 위한 곳이었다면…… 내게 세울 곳은 마인이든 아니든 누구든 자유롭게 살 수 있는 곳을 만들 것이다. 마인들을 다루기 위해선 강자존의 법칙을 내세우겠지만 힘 있는 자들이 힘없는 자들을 괴롭힐 수 없도록 해야 하겠지. 쉽지 않겠지만…… 지금부터 여러 가지를 생각해야 하겠지.'

어느새 도현의 몸 주변엔 짙은 마기가 물씬 풍기지만 정작 도현 자신은 그런 것을 모르고 깊은 고민에 빠져든다.

그 모습에 심심해서 찾아왔던 빙설하가 놀라 자신의 방으로 도망칠 정도였다.

天魔志上 10章.

10 章.

"하악, 학!"

거친 숨을 몰아쉬면서도 쉬지 않고 움직인다.

때론 좌로 때론 우로. 그리고 위, 아래로.

방향을 감 잡을 수 없을 정도로 복잡하게 움직이는 그녀
의 뒤로 흩날리는 땀방울만이 영롱한 빛을 발한다.

손에 쥔 검.

검을 쥔 손은 이미 어떠한 감각도 느껴지지 않는다.

자신이 검을 쥐고 있는 것인지, 아닌지 조차도 느껴지지
않을 정도로.

쐐액!

쩡-!

움직임이 느려지는 듯하자 어김없이 날아드는 암기!

힘겹게 든 검으로 막아낸 그녀는 다시 온 몸의 힘을 짜내어 달린다.

칠흑 같이 어두운 이곳에서 그녀는 오로지 기감에만 의지하여 움직이고 있었다.

조금이라도 실수를 한다면 어찌 될지 모르는 상황이기에 그녀는 더욱 필사적으로 움직였으며, 단전에 내공이 메말라가며 연신 신호를 보내지만 이를 악물었다.

"하아앗!"

힘찬 기합과 함께 검을 양손으로 붙잡은 그녀가 힘차게 검을 휘두른다!

서컥!

콰르릉!

날카로운 소리에 이어 굉음이 울리더니 칠흑 같던 어둠이 순식간에 사라지며 환한 빛이 들어온다.

갑작스런 빛에 재빨리 몸을 돌리며 눈을 보호한 그녀는 한 참을 눈이 적응하길 기다렸다가 천천히 몸을 돌렸고, 그곳엔……

"수고 많았다. 그리고 축하한다."

인자한 미소를 짓고 있는 검각주가 있었다.

"감사합니다, 사부님!"

그제야 안도의 한숨을 내쉬며 소진은 웃을 수 있었다.

"하아…… 살 것 같아."

뜨거운 물에 몸을 담그자 그제야 온 몸의 피로가 풀리는
듯하다.

검각에는 뜨거운 온천이 솟아오르는 곳이 있었는데 평
소라면 아무나 사용하지 못하는 곳이지만 오늘만큼은 소
진에게 허락되어 있었다.

쪼르륵—.

손에 물을 담에 몸을 적히는 그녀.

투명하고 하얀 피부에 반짝이는 눈망울과 앵두 같은 입
술.

평소 면사를 쓰고 다니는 것이 어째서인지 알 수 있을
정도로 그녀는 아름다웠고, 모든 옷을 벗어던진 지금은 쉬
이 쳐다보기 어려울 정도였다.

"그래도 이제 큰 고비는 넘긴 셈인가?"

쓰게 웃는 소진.

길게 몸을 뻗으며 머리를 젖히자 밤하늘의 별이 무수히
반짝인다.

소진이 검각으로 복귀하자 당연히 검각은 난리가 났다.

갑작스레 정체를 알 수 없는 자들에게 납치가 된데다 생
사가 불분명했으니, 어찌 걱정이 되지 않을 수 있겠는가.

게다가 자신들 때문에 소진이 잡혀갔다는 생각 때문에
당시 살아남은 자들은 제대로 된 생활이 어려울 정도였다.

오죽하면 그날 비연이 소진을 붙들고 기절 할 때까지 울었겠는가. 그만큼 그녀의 심적 부담이 컸다는 뜻이다.

납치 된 이후 대체 무슨 일이 있었던 것인지 각주를 비롯해 수많은 사람들이 물어왔지만 소진은 적당히 거짓을 섞어서 대답하는 수밖에 없었다.

아무리 그래도 도현과 함께 있었다는 이야기를 할 수는 없었다.

도현이 천마성 무인이기 때문이기도 했지만 무황총과 관련된 이야기를 할 수 없었기 때문이다.

때문에 그녀는 적절히 혈교과의 이야기를 섞어서 전달했고 그것으로도 충분히 각주를 비롯한 모두를 납득 시킬 수 있었다.

소진이 납치 될 때까지만 하더라도 혈교의 행적은 어딜가나 문제였기 때문이다.

오히려 그녀가 납치되고 난 뒤 아무런 활동이 없어 검각에서 노심초사 했을 정도다. 어떻게 놈들이 보여야 잡아다가 소진이 어디에 있는지 물을 텐데 그런 것이 전혀 없었으니 말이다.

"다시 밖으로 나가기 쉽지 않을 것 같은데, 걱정이네……"

얼굴을 찡그리는 소진.

워낙 크게 당해서인지 소진이 밖으로 나가는 것을 필사

적으로 막으려는 분위기가 검각 전체에서 느껴지고 있었
다.

검후가 밖으로 나가지 않으면 검각의 활동이 위축된다
는 것을 알면서도 말이다.

그래서 그녀가 시도 한 것이 지난번에 통과하지 못한 검
후의 시험을 완전히 치르는 것이었다.

지난번에는 최소한의 인증을 위한 시험이었지만 이번에
는 시험 관문을 완전히 깨트림으로서 자신의 강함을 내보
인 셈이다.

실제로 소진은 무황총에서의 수련 등으로 인해 납치되
기 전과 비교 할 수 없을 정도로 강해져 있었다.

특히 무황총에서 도현의 조언을 얻은 것이 크게 주효했
다.

촤악!

바가지로 물을 퍼서 머리부터 붓자 따뜻함이 온 몸으로
다시 한 번 퍼져간다.

뜨거운 온천에 오래 앉아 있으면 현기증이 나는데 그녀
역시 예외는 아니었던 탓에 살짝 일어나 큰 수건으로 몸을
가리고선 바위 위에 걸터앉았다.

"이제 슬슬 움직이는 것 같은데……."

그녀도 귀가 있으니 도현에 대한 소문을 들을 수 있었
다. 그리고 대담하게 자신을 천마라 칭한다는 것도.

천마성이 무너진 상황인데다 패마가 패했다.

소문대로라면 패마의 내상은 돌이킬 수 없을 정도였으니, 도현 스스로 강한 모습을 보이는 수밖에 없을 테다.

그런 것들을 머릿속으로 생각하는 사이에 몸이 식자 그녀는 머리를 흔들며 다시 온천으로 몸을 옮긴다.

당장 도현이 걱정되기는 하지만 우선 검각 밖으로 나갈 수 있게 되는 것이 우선이었다.

밖으로 나갈 수 있어야 도현을 돕더라도 도울 테니.

◖

"잘 부탁합니다."

"걱정 마십시오, 최선을 다하겠습니다."

도현의 말에 마선의는 빙긋 웃으며 고개를 끄덕인다.

마선의의 뒤로는 작은 수레가 있었는데, 사람이 들 수 있도록 개조된 그 안에는 패마가 잠들어 있었다.

이 장로와 칠 장로가 이틀의 시간 여유를 두고 움직이고 다음으로 오 장로인 마선의가 패마와 함께 움직인다.

마지막으로는 도현이 이곳의 흔적을 없앤 뒤에 움직일 예정이었다.

특히 오 장로는 패마와 함께 움직이기에 이곳에 있던 인원들 중에서도 가장 강한 자들만 뽑아 놓은 상태였다.

"그럼 십만대산에서 보겠습니다."

인사와 함께 수하들을 통솔해 어두운 밤을 타 빠르게 구룡무관을 벗어나는 오 장로.

일단 구룡무관을 벗어난 그들은 인근에서 뱃길을 이용해 움직이게 될 텐데, 그 전에 충분한 신분 세탁 과정을 거치게 될 터였다.

이를 위해 금화상단에서 움직이고 있었다.

완전히 사라진 그들을 뒤로 하고 도현은 남은 수하들에게 명령을 내린다.

"지금부터 모든 흔적을 없앤다. 사소한 것 하나까지 놓치지 않도록!"

"존명!"

사방으로 흩어지는 수하들을 보고 있던 도현의 발걸음이 천천히 구룡무관의 학룡전(學龍殿)으로 향한다.

과거 도현이 짧은 기간이지만 이곳을 다니고 있을 때 거의 매일을 틀어 박혀 생활했던 곳이 바로 이곳 학룡전이었다.

먼지가 수북하게 들어앉은 학룡전에는 서고를 빼곡하게 채우고 있던 책들이 사라지며 어딘지 모르게 스산하게 보인다.

구룡무관이 문을 닫으며 이곳에 왔던 무공서들이 다시 원래의 주인들에게 돌아간 것이다.

천마성에서 온 것이 없는 것으로 보아 백도맹과 사황성이 나눠서 가져간 모양이었다.

총 8층으로 이루어진 학룡전 전체에 남은 서적은 손에 꼽을 정도였는데, 그나마도 딱히 쓸모없는 것들이었다.

특히 천마성에서 나온 것이라면 종류를 가리지 않고 전부 사라져 있었다.

"이대로 썩히기는 아까운 건물인데……."

도현의 말대로 이대로 썩히기는 아까운 곳이 구룡무관이었다.

중원의 중심부에 위치하고 있을 뿐만 아니라 건물 하나하나가 튼튼한 재질로 세워져 있다. 여기에 곳곳에 구룡무관을 보호하기 위한 진법과 기관이 그대로 남아 있음이니 아쉽지 않다면 거짓이다.

만약 도현에게 자금이 없었다면 어떻게 해서든 이곳을 기반으로 움직일 생각을 했을 터다.

십만대산을 거점으로 생각한 바탕에는 막대한 자금이 있기 때문에 가능한 일이고 말이다.

"언젠가는 누가 쓰겠지."

쓰게 웃으며 학룡전을 전부 둘러본 도현이 돌아가자 대부분의 흔적을 없앤 것인지 남은 수하들이 최소한의 자리에 모여 대기를 하고 있었다.

남은 자들은 대략 백여 명 정도로 앞선 세 번의 이동에 대부분이 떠나고 뒷정리만을 위해 남은 자들이었다.

"모든 흔적을 제거하고 남은 것은 저희가 떠날 때 정리를 하면 될 것 같습니다."

"수고했다. 쉬어."

"명!"

수하의 보고에 도현은 휴식을 명령하곤 그 역시 자리를 잡고 앉았다.

도현 일행은 앞서간 마선의들에게 문제가 생길 것에 대비하여 이틀이 아닌 하루의 시간을 두고 움직이기로 했기 때문에 지금 충분한 휴식을 취해 둘 필요가 있었다.

구룡무관을 벗어난 마선의 일행은 즉시 무한의 외곽을 크게 돌아 도시를 피해 빠른 속도로 이동을 하기 시작했다.

마선의들이 향하고 있는 곳은 무한에서 멀지 않은 감항이라는 마을이었는데 그 인근에서 금화상단의 배가 대기를 하고 있었다.

다른 이들의 눈을 피하기 위해 금화상단의 정기 상행을 오가는 배로 그저 감항 인근에서 잠시 멈췄다가 움직일 뿐이기에 약속된 시간에 늦지 않기 위해선 쉼 없이 달려야 했다.

"장로님 이쯤에서 흩어지겠습니다!"

"좋아! 약속 장소에서 보지."

"명!"

감항으로 움직이는 와중 몇 개조로 나뉜 이들이 하나 둘 떨어져 나가기 시작한다.

단번에 많은 인원이 움직이면 당연히 사람들의 눈에 띄기 때문에 곳곳으로 흩어지고 있는 것이다.

저들이 가고 있는 곳에도 금화상단에서 마중 나온 이들이 있어 신분을 금방 세탁하고 십만대산으로 움직일 수 있을 것이다.

앞선 두 장로가 이끌고 간 자들도 이런 과정을 거쳤지만 아무런 방해도 없었으니 아직까지 들키지 않았다고 봐야 할 테다.

과연 마선의 역시 아무런 방해 없이 무사히 감항에서 금화상단의 배에 올라탈 수 있었다.

배에 타자마자 상단의 짐으로 감춰진 공간으로 이동을 해야 했지만, 그 무엇보다 조용히 움직여야 하는 입장이기에 답답함 정도는 충분히 인내 할 수 있었다.

오히려 걱정되는 것은 패마의 건강이었다.

북경에서 구룡무관으로 움직이는 것도 힘들어 했던 그다.

그것보다 훨씬 더 멀고 거친 길을 가야 하는 이번 여로를 과연 패마의 몸이 버텨 줄 수 있을 런지는 마선의도 확신 할 수 없었다.

그저 그러길 비는 수밖에.

"흐응…… 정체를 알 수 없는 자들이 대규모로 이동을 하고 있다?"

허독량은 자신에게 올라온 보고에 재미있다는 듯 웃는다.

"이런 시기에 은밀히 움직이는 놈들이라면…… 천마성의 잔당들 밖에 없겠지. 이거 재미있겠는데?"

당연한 판단이다.

사황성이고 백도맹이고 내부 싸움으로 인해 그 활동이 크게 위축되어 있는 상황이다.

그나마 스스로 천마라 부르는 마룡의 등장으로 인해 무림의 정보원들이 그의 흔적을 뒤쫓기 위해 움직이고 있을 뿐.

오히려 그 때문에 촘촘하게 짜여져 있던 감시망에 구멍이 났음을 두 세력 모두 모르고 있었다.

어쩔 수 없는 일이다.

외부의 일보다는 내부의 싸움에 더 신경을 쓰는 중이니까.

허독량이 이번 정보를 얻을 수 있었던 것도 정말 우연

하게 그들의 움직임이 혈교의 정보력에 잡혔기 때문이었다.

그것도 이젠 필요가 없어서 자리를 옮길까 하던 찰나에 말이다.

"지금 인근에서 동원 할 수 있는 인원은 얼마나 되지?"

"동령주 둘과 약 삼백 정도의 인원뿐입니다."

"작군."

생각보다 작은 인원에 얼굴을 찡그리는 그.

"그동안 본교의 활동 역시 축소를 해온 통에 대부분의 무인들 역시 교로 일단 돌아간 뒤라 동원 할 수 있는 인원이 적습니다."

수하의 보고에 허독량은 이미 알고 있다는 듯 손을 휘저어 그를 물러가게 한다.

혼자 남은 그는 무슨 생각인 것인지 눈을 감은 채 한참을 침묵을 지키다 천천히 눈을 떴다.

감았다 뜬 그의 눈에 서리는 붉은 살기.

"태랑상단이 개최하는 무림대회는 시간을 좀 더 필요로 하니…… 움직일 시간이 있겠군."

허독량의 계획에 의해 태랑상단을 움직여 무림대회를 개최하는 것은 시간을 필요로 하는 일이다.

무조건 하라고 해서 되는 일이 아닌 것이다.

대회를 열 장소도 필요하고 무림첩을 돌릴 시간도 있어

야 한다. 그리고 결정적으로 대회를 개최하는 이유가 확실해야만 괜한 의심을 피할 수 있었다.

그러다보니 대회가 개최되려면 최소한 한달은 걸릴 것이란 수하의 보고가 있었다.

그 때문에 짜증을 내던 허독량의 앞에 재미난 장난감이 주어진 것이다.

천마성이란 장난감이 말이다.

신강에서 있었던 굴욕적인 일을 그는 잊지 않고 있었다. 그 때문에 폐관수련에 들어가지 않았던가.

물론 그 덕분에 눈엣가시 같던 빙설하를 없앨 수 있었지만 말이다.

"그러고 보니…… 놈은 어떻게 살아온 것이지?"

분명 빙설하는 놈과 함께 죽었다고 보고를 받은 그다.

자신이라 하더라도 살아남을 수 없을 정도로 엄청난 약의 화약이 쓰였으니 당연히 죽었을 것이라 생각했는데, 놈은 당당하게 살아 돌아와 스스로를 천마라 부르며 움직이고 있었다.

이에 대해서 혈뇌는 두 가지 가능성을 내놓았었다.

하나는 궁지에 몰린 천마성의 마인들이 살아남기 위해 그의 이름을 이용해 일을 벌인 것이고, 또 하나는 진짜 그가 살아남은 것이다.

"흐음…… 아직 계집의 소식은 없으니 문제없겠지."

허독량은 간단하게 생각하기로 했다.

그만한 사고에서 살아 돌아온 것은 분명 대단한 일이지만 운이 좋은 것은 한 명으로도 족했다.

설마하니 빙설하까지 살아있을 것이라곤 도저히 생각이 되질 않는다.

만약 살아있었다면 어떻게 해서든 교로 벌써 돌아오고도 남음이 있다. 함정에 빠트린 자신을 밀어내기 위해서라도 말이다.

헌데 그렇지 않다는 것은 결국 그녀가 죽었음이니 허독량으로선 더 이상의 고민을 할 필요가 없었던 것이다.

"누구 없느냐!"

"하명하십시오."

허독량의 불음에 즉시 문을 열고 들어와 고개를 숙이는 수하.

"놈들을 뒤쫓아라. 아주 은밀하게 멀리서. 무슨 꿍꿍인지는 모르겠지만…… 분명 뭔가가 있을 것이다. 그리고 인근의 동령주들과 수하들을 불러라. 직접 움직일 것이다."

"명!"

토씨하나 달지 않고 고개를 숙이고 방을 나가는 수하.

"혼란한 기회를 틈타 움직일 정도라면 누굴까…… 기왕이면 천마성의 장로들 중 한 사람이면 좋겠는데 말이야.

큭큭큭."

　　지금도 몸 안에서 끓어넘치는 것 같은 힘을 시험해볼 좋은 기회였다.

天魔死上 11章.

11 章.

    곤륜파의 영역인 청해를 피해 감숙으로 이동을 한 마선의는 그곳에서 잠시 쉬어야 했다.

    급작스럽게 패마의 몸 상태가 좋지 않아졌기 때문이었다.

    다행히 감숙은 평소에도 귀한 약재가 자주 나오는 곳이기에 어렵지 않게 필요한 것들을 구해 패마의 몸을 안정시킬 수 있었다.

    최대한 무리가 가지 않도록 이동을 하고 있는 중이라 하더라도 쇠약해진 패마의 몸은 그마저도 쉬이 버티질 못하는 것이다.

    천하를 호령하던 그가 이런 상태가 되었다고 한다면 누구도 믿지 못할 터다.

차라리 죽으면 죽었지 저러고 살고 싶지 않다는 이들도
있을 테고.

패마라고 해서 왜 그러지 않겠는가.

그럼에도 불구하고 마선의가 주는 것들을 꾸역꾸역 먹
으면서 어떻게라도 빠져나가는 삶의 생명줄을 붙들려고
하는 것은 조금이라도 더 도현의 모습을 보고 싶기 때문이
었다.

도현이 자신의 힘으로 당당하게 개파하는 모습을 꼭 보
고 싶었기에 패마는 힘들지만 버티고 있었다.

다행이 패마의 몸은 금방 안정되었지만 이로 인해 이틀
정도 일정이 늦어졌다. 금화상단의 뒤에 숨어서 이동을 해
야 하지만 일정이 틀어지는 바람에 어쩔 수 없이 마선의는
수하들과 함께 밤에만 조심스럽게 이동을 하는 수밖에 없
었다.

하지만 이것이 금화상단을 혈교의 눈에서 벗어나게 해
주는 결정적인 일이었음을 아직 마선의는 알지 못했다.

"성주님과의 연락은?"

"아직 없습니다. 아무래도 생각보다 거리가 멀어진 모
양입니다."

"으음……"

자신들이 감숙에서 지체를 하는 동안 충분히 도현들이
따라 잡을 수 있을 것이라 생각했지만, 아직까지 연락도

되지 않는 것으로 보아선 어떤 문제가 생긴 모양이었다.

별 다른 소문이 없으니 안심이 되긴 하지만 그렇다 하더라도 긴장되는 것은 어쩔 수 없다.

실체로 도현들은 강을 따라 움직이던 와중 갑자기 몰아치는 바람과 비의 영향으로 발목이 묶인 상태였다.

어찌나 바람이 세게 부는지 배가 제대로 뜨지 못할 정도였고, 그렇다고 육상으로 움직이자니 중원 한복판인지라 쉽지 않은 선택이었다.

"어쩔 수 없지. 일단 계속해서 움직인다."

"명!"

명령이 떨어지자 곧 패마를 태운 가마를 무인들이 짊어지었고 인적이 드문 산길을 이용하여 빠른 속도로 이동을 한다.

가마의 옆에 붙어서 움직이는 마선의는 이상할 정도로 뒤가 신경이 쓰이고 있었다.

다른 때와 다르게 말이다.

때문에 일부러 수하 몇을 뒤로 보내보았지만 별 다른 성과도 없었다.

"과민 반응인가……."

쓰게 웃으며 앞으로 움직이는 것에만 집중하기 시작한다.

"감도 좋군."

멀리서 뒤를 따라가던 혈교의 무인들은 혀를 찬다.

눈으로 겨우 보일 정도의 거리를 두고 따라 붙고 있음에도 불구하고 뒤를 확인한다는 것은 결코 쉬운 일이 아니다.

그렇다고 보이지 않는 곳에서 흔적만으로 따라가자니 교묘하게 흔적을 지우고 있어서 그럴 수도 없었다.

"소교주님은?"

"내일 합류할 예정이라고 연락이 왔다."

"그래? 흠…… 저들의 이동 속도를 생각하면 오늘 중으로 감숙을 벗어 날 것 같지?"

"아무래도 그렇겠지. 방향으로 봐선…… 신강으로 가고 있는 것이 확실해."

서로의 의견을 나눈 뒤 그들은 전서구를 띄웠다.

전서구가 무사히 날아가는 것을 확인하고서야 둘은 다시 마선의의 뒤를 쫓는다.

화륵!

손에 쥐고 있던 전서를 삼매진화의 수법으로 순식간에 태워버린 허독량은 재미있는 듯 웃었다.

"신강이라…… 인연이 있다고 해야 하나? 큭큭."

286

신강은 허독량 본인이 크게 패했던 곳이다.

그곳을 향해 움직이고 있다고 생각하니 우습지 않을 수가 없었다.

마치 하늘에서 그때의 실패를 만회하라고 하는 것 같지 않은가.

"놈들의 정체는?"

"아직 알아내지는 못했습니다만, 천마성의 마인들인 것은 확실합니다. 미약하지만 마기를 감지했다고 합니다."

"쯧쯧, 그걸 누가 몰라서 이렇게 쫓아가고 있는지 아나?"

"죄송합니다."

허독량의 질책에 고개를 숙이는 수하.

그것을 보고 있던 허독량은 이야기를 바꾸었다.

"준비된 인원은?"

"신강으로 움직이고 있다하여 벽력도(霹靂刀)가 이끄는 대막혈사풍(大漠血死風)을 준비시키고 있다 합니다."

"그 미친놈을?"

얼굴을 찡그리는 허독량.

과거 신강에서 위기에 처했을 때 벽력도가 자신을 구해 준 것은 사실이지만 놈은 그야 말로 싸움에 미친놈이었다.

만약 교주의 명령이 아니었다면 허독량을 뒤로 하고 천마성 무리들과 어울리기 위해 움직였을 것이 분명했다.

혈교 내에서도 손꼽히는 실력을 가지고서도 스스로 더 높은 자리를 거절하며 밖으로 나도는 탓에 동령주의 위치에 있게 된 괴짜 중의 괴짜였다.

본래라면 충분히 혈교의 장로직에 올랐을 최고의 실력자였다.

오로지 교주의 명령만을 받는 그가 움직인다는 것은 둘 중 하나다.

엄청나게 심심했거나 교주가 명령을 했거나.

이번 일의 책임자는 어디까지나 허독량이니 만큼 후자보다는 전자가 옳을 터였다.

"대체 누가 그 놈에게 연락을 한 거야?!"

"죄, 죄송합니다. 현재 가용 할 수 있는 인원이 적다보니……"

"그래서 놈 이외에는?"

"금령주 둘과 동령주 다섯입니다."

"그만하면 충분하니까 그 미친놈한테는 오지 않아도 된다고 전해. 지금 당장!"

"며, 명!"

살기까지 뿜으며 화를 내는 허독량의 모습에 보고를 위

해 왔던 수하는 얼굴이 창백해지며 재빨리 밖으로 뛰쳐나
간다.

현재 교 내부에서 가장 자신과 맞지 않는 인물이 바로
벽력도인데 그가 온다면 자신의 계획대로 따라주지 않을
확률이 더 높았다.

"미친 싸움귀신 같으니!"

자신의 도를 휘두를 수만 있다면 아무래도 좋은 인물이
었으니까. 어째서 이런 놈이 혈교에 속해 있는 것인지 알
수 없을 정도로 혈교 내에서도 의견이 분분한 자였다.

물론 그 실력으로 모든 입을 다물게 만들었지만.

"뭐? 오지 말라고?"

"예! 소교주께서 그리 전하셨습니다."

수하의 보고에 벽력도는 재미있다는 듯 한참을 크게 웃
었다.

"아하하, 넌 내가 그럴 거라고 생각하냐?"

"그럴 리가요? 그래서 받자마자 서신을 찢어 버렸습니
다만?"

"크하하핫!"

수하의 태평한 말에 배를 잡고 땅을 뒹구는 벽력도.

대막혈사풍은 지금 완벽하게 벽력도의 수중에 들어가
있었고, 그들 전부에게 혈교의 이야기를 털어 놓은 뒤다.

지금은 대막혈사풍의 모든 무인들이 자신들 또한 혈교에 속한 무인이라 생각을 하고 있었다. 아니, 그보다는 벽력도의 충실한 수하가 되어 있다는 것이 옳다.

만약 벽력도가 혈교를 나오자고 한다면 당장에 그를 따라 나설 것이 바로 그들이다.

강한 힘뿐만 아니라 부하들을 통솔하는 능력.

그 어느 것 하나 빠지지 않는 그이기에 수하들은 더욱 그를 믿고 따르고 있었다.

이번 일 역시 마찬가지다.

소교주의 연락인데 어찌 일개 수하가 찢어버릴 수 있단 말인가?

하지만 그런 일이 가능한 것이 바로 대막혈사풍이었다.

"준비는?"

"이미 끝났습니다. 이제 대장만 준비하면 됩니다."

"그래? 내기 좀 늦은 모양이로군."

천연덕스럽게 이야기하는 벽력도에게 수하는 고개를 저으며 말했다.

"좀 늦은 게 아니라 많이 늦으셨습니다. 벌써 출동 준비를 한 것이 이틀 전입니다. 움직이는 내내 욕먹으실 겁니다."

"크하하하! 그거 심심하지 않겠군!"

재미있다는 듯 자리에서 그가 일어선다.

과거에 비해 더욱 커진 그의 몸과 풍기는 야생의 기운은 얕볼 수 없는 수준이었다.

척!

자신의 별호와 같은 이름의 거대한 벽력도를 어깨에 걸친 그가 막사를 나서자 말 옆에 내린 채 기세를 피워 올리고 있는 일천의 대막혈사풍 정예들이 있었다.

"긴 말 필요 없고! 가자! 이번에야말로 신나게 놀다가 오자고!"

"와아아아!"

수하들의 힘찬 함성에 그는 자신의 말 위에 오른 뒤 말을 움직인다.

"가자!"

두두두두ᅳ!

지축을 흔들며 본거지를 벗어난 대막혈사풍의 정예들이 빠른 속도로 신강을 향해 움직이기 시작한다.

◑

두근두근ᅳ.

세차게 뛰는 심장.

쏴아아아!

창 밖으로 거세게 내리는 비를 보면서도 침착해지지 않는 이 기분에 도현은 얼굴을 찡그린다.

기분이 좋지 않았다.

분명 뭔가 일이 터질 것만 같은 기분.

하지만 자리에서 움직일 수가 없었다. 배가 발목을 묶고 있는데다 서서히 백도맹과 사황성의 감시가 강해지고 있었다.

이러지도 저러지도 못하는 사이 심장의 박동은 더욱 강렬해진다.

불안한 기분과 함께.

파바밧!

거친 들판을 쉬지 않고 움직이던 마선의 일행이 발걸음을 멈춘 것은 제법 깨끗한 물이 고여 있는 연못을 발견하고 나서였다.

신강은 워낙 척박한 곳이고 마을도 그리 많지 않기 때문에 이렇게 물이 보일 때마다 휴식을 취하며 수분을 보충해야만 했다.

"서둘러라!"

"명!"

수하들에게 서두르란 명령을 내리고서도 마선의는 불안함을 지울 수 없었다.

감숙을 벗어날 때부터 느껴지던 불안감은 신강에 들어선 지금까지도 사라지지 않고 있었다.

좋지 않은 기분.

자신의 경험을 떠올려보면 이럴때는 무조건 조심하는 것이 좋았기에 수하들에겐 미안하지만 길을 재촉하고 있었다.

조금이라도 빨리 움직여 먼저 간 일행과 합류하려고 마음먹은 것이다.

"서쪽에서 정체를 알 수 없는 적 발견!"

멀리 경계를 서기 위해 움직였던 무인이 빠르게 달려오며 외치자 휴식을 취하던 천마성 무인들이 재빨리 일어서며 각자의 무기를 뽑아 든다.

뿐만 아니라 몇은 가마를 들어올리며 자리를 움직일 준비를 마친다.

"이제와 들킨 것인가? 아니면……."

긴장하고 있을 때 다시 한 번 경계를 위해 나갔던 수하가 뛰어 들어오며 외친다.

"대막혈사풍입니다!"

"피한다!"

보고가 끝나기 무섭게 마선의는 재빠른 결정을 내리고 몸을 날린다.

그의 뒤를 쫓는 수하들.

다른 때라면 저들을 피할 이유가 전혀 없지만 지금은 아니었다.

패마의 생사를 자신이 쥐고 있는 이상 그것이 어떠한 종류의 것이든 간에 싸움을 피하고 봐야 했다.

게다가 놈들의 영역도 아닌 이곳 신강에 대막혈사풍이 나타났다는 소리는…… 결코 좋은 의도라고 보기 어려웠다.

아니, 그 이전에 놈들이 혈교와 어떠한 연관이 있을 것 같다는 것이 예전 회의에서 이야기 나왔었다.

탁골문과의 일에서 놈들이 갑자기 나타난 적이 있었던 것이다.

스쳐지나가듯 한 이야기였지만 순간적으로 그 사실이 떠올랐기에 마선의는 피하자고 한 것이지만 눈앞에 또 한 무리의 적들이 모습을 나타낸다.

두두두-!

지축을 흔드는 말발굽 소리와 함께 앞에서도 대막혈사풍이 모습을 드러낸 것이다.

"크하하하! 쳐라! 중원 마인 놈들의 피맛을 보자!"

"죽여라!"

벽력도의 명령에 대막혈사풍의 무인들이 기세를 드높이며 말을 빠르게 몰며 달려 나간다.

하지만 정작 벽력도는 자리에서 움직이지 않았는데, 그의 곁으로 허독량이 모습을 드러낸다.

그러고 보니 대막을 출발한 대막혈사풍의 인원은 천명에 불과했는데 지금 천마성의 잔당들을 포위하고 있는 사람은 족히 삼천에 달하고 있었다.

허독량이 동원한 금령주와 동령주의 수하들인 것이다.

"크하핫! 이거 죄송합니다, 소교주님. 이미 거의 다 도착을 해서 연락을 받는 바람에 되돌아갈 수가 없었습니다!"

"으음……."

고개를 끄덕이긴 하지만 허독량의 표정이 좋지 않다.

그를 눈치 챈 벽력도 역시 웃기만 할 뿐 더 이상 입을 열지는 않았다.

벽력도의 말도 안 되는 변명을 믿어 줄 허독량이 아니다.

명령을 전달한 것이 언제 적 이야기인데 뒤늦게 도착해선 연락을 늦게 받았다고 한다고 한 들 누가 믿겠는가.

되려 연락을 받고도 무시하고 출발했다고 봐야 할 것이다. 실제로도 그러했고.

"후……."

작게 숨을 내쉰 허독량의 시선이 싸움이 벌어지고 있는 곳으로 향한다.

포위되었다는 것을 깨닫자마자 원진을 그린 놈들은 철저하게 방어적인 모습으로 나오기 시작했다.

"천하의 마인들이 방어적으로 나오다니…… 쿵! 이제 저 놈들도 갈 때까지 갔군. 나도 가보겠습니다, 소교주! 이럇!"

히이잉!

두두두!

허독량의 대답도 기다리지 않고 말을 타고 달려 나가는 벽력도를 보며 다시 한 번 얼굴을 일그러트리지만 곧 본래의 안색을 되찾는다.

어차피 싸움에 미친 자이니 오래 붙어 있을 것이라 생각지 않았다.

그보다 허독량의 눈을 이끄는 것이 있었다.

"저건 뭐지? 가마…… 인가?"

놈들의 중심에 놓인 채 필사적으로 지키려는 것.

"천마성의 마인들이 필사적으로 지키려 한다면…… 뭐지? 신물? 아니면…….'"

그의 입 꼬리가 올라간다.

"패마로군! 크하하하하!"

하늘을 보고 크게 웃는 허독량!

"시간을 때우려 움직였다가 대어를 잡는 구나! 패마라니! 크하하하! 가자!"

두두두!

한 마디와 함께 말을 달리자 그의 뒤에 서 있던 수하들
역시 재빨리 말을 달려 그의 뒤를 쫓는다.

카캉- 캉!

푸확!

순식간에 피로 물드는 들판.

사방으로 풍기는 피 냄새.

오랜 이동으로 인해 지쳐있는 상태임에도 불구하고 천
마성의 무인들은 무척이나 잘 버티고 있었다.

아니, 그것이 당연한 일이었다.

도현이 수습인 인원들 중에서도 최고의 전력으로만 패
마의 호위를 구성했으니까.

인원들 대부분이 지옥수라대의 무인들이다.

검마와 함께 사라진 마검대를 제외하면 천마성에서 가
장 강한 무력부대로 불렸던 그들이니 만큼 그 힘은 여전한
것이었다.

"뚫어! 어떻게든 길을 뚫으란 말이다!"

마선의는 목이 터져라 외치며 사방에서 달려드는 적들
을 상대하고 있었지만 저들 역시 필사적으로 덤벼드는 통
해 쉬이 길을 만들지 못하고 있었다.

특히 말을 타고 움직이는 대막혈사풍의 정예들이 문제
였다.

하나하나라면 결코 자신들의 상대가 되지 못할 테지만, 놈들이 타고 있는 말과 하나가 되면서 펼치는 합격진은 어마어마한 위력을 발휘하고 있었다.

사람들의 합격진보다 훨씬 더 빠르고 강력하다.

어쩌다가 적을 죽일 경우에는 잠시 합격진이 흔들린다. 말이 달려야 할 곳에 죽은 말의 시신이 함정처럼 버티고 서 있기 때문이다.

하지만 놈들은 순식간에 죽은 말의 시신을 치우며 다시 한 번 합격진을 펼치고 있었다.

그것이 무한 반복하며 일행을 크게 지치게 만든다.

그 뿐만 아니라 더 이상 대막혈사풍이 움직이지 못하게 되면 빈틈을 주지 않기 위해 혈교의 무인들이 쉬지 않고 달려들었다.

일종의 차륜전인 것이다.

푸확!

맨손으로 적의 목을 꺾은 마선의가 날아드는 검을 빈손으로 쳐내곤 보법을 밟으며 놈의 품으로 파고들어 손바닥으로 놈의 턱을 쳐올린다!

펑!

작은 소리와 함께 사라지는 그의 머리.

쉬지 않고 마선의는 움직인다.

왜 그가 장로들 중에서도 서열 오위에 올라와 있는 것인지 그 몸으로 보여주고 있었지만, 그것도 시간이 흐르자 점차 느려지기 시작했다.

퍼펑! 펑!

"피해라! 산공독이다!"

결정적으로 놈들이 산공독을 퍼트리기 시작했다!

천마성이 무너진 그날 사용된 산공독과 같은 것인지 순식간에 반응이 오지만, 무슨 일에선지 이전과 같은 효과는 없었다.

다행이라면 다행이지만 손발이 느려지는 것만은 어쩔 수 없는 일.

죽어가는 자들이 속출하고 있었다.

"거기까지!"

내공을 실은 목소리가 울려 퍼지자 일제히 뒤로 물러서는 혈교의 무인들.

그러면서도 언제든지 달려들 수 있도록 경계를 한다.

저벅 저벅.

말에서 내려 천천히 마선의 앞에 모습을 드러내는 허독량.

"역시 한 번 사용한 뒤라 그런지 산공독이 제대로 듣질 않는 모양이로군. 하긴 효과는 좋지만 한 번 내성이 생기면 잘 듣지 않는 것이 약점이긴 하지."

"……넌 누구냐."

"나? 글쎄……."

빙긋 웃으며 마선의를 놀리는 허독량.

그러는 사이 허독량은 일행과 삼장 거리를 두고 앞으로 나섰다. 마선의와는 십장의 거리.

경공의 고수라면 순식간에 접근 할 수 있는 거리임에도 불구하고 허독량은 개의치 않는 듯 당당하게 자리를 잡았다.

"그냥 칠 수도 있는데…… 궁금해서 말이야. 저 뒤에 있는 가마 안에 든 것이."

웃으며 묻는 허독량을 보며 마선의는 얼굴을 굳힌다.

"아아, 그런 얼굴하지 말라고. 기분 나쁘잖아?"

"혈교 놈들…… 네놈들의 말을 믿을 것 같으냐!"

으드득!

이를 가는 마선의를 보며 허독량은 박수를 쳤다.

짝짝짝!

"맞아! 정확해! 보시다시피 우리는 혈교의 무인들이지. 그래서 말이야…… 저 안의 내용물을 보여주었으면 하는데?"

여전히 웃는 얼굴로 허독량은 말을 이었다.

"죽어가는 패마를 말이야."

"놈!"

파앗!

허독량의 말이 끝나기 무섭게 앞으로 뛰쳐나오는 마선의! 준비라고 하고 있었던 듯 전속력으로 움직이는 그는 도저히 눈으로 쫓을 수 없었다!

좌악!

앞으로 내민 그의 팔이 검게 물들어 간다!

마선의의 독문무공인 흑암수(黑暗手)였다.

하지만.

겨우 한 발이었다.

한 발 옆으로 빗겨서는 것만으로 마선의의 공격을 피해 낸 허독량은 자신의 앞을 스쳐지나가는 그의 빈 옆구리를 놓치지 않고 주먹으로 후려쳤다!

콰앙-!

우드득!

"크아아악!"

비명과 함께 멀리 튕겨나며 쓰러지는 마선의!

뼈가 부러지는 소리와 함께 움푹 들어간 그의 갈비뼈가 폐를 찌르며 연신 입으로 피를 토해낸다.

"난 궁금한 걸 못 참아서 말이야. 자, 보자고."

"마, 막아라!"

마선의의 비명과도 같은 소리가 바람에 실려 사방으로 퍼져나간다.

파바밧!

엄청난 속도로 움직이는 도현.

몰아치는 비바람에도 아랑곳하지 않고 도현은 자신이 낼 수 있는 최고의 속도로 움직이고 있었다.

어두운 밤과 폭풍처럼 내리고 부는 비바람은 도현의 신형을 감추기에 충분하고도 남음이 있었지만, 그렇지 않더라도 상관없었다.

두근두근~!

미친 듯 뛰는 심장을 가라앉힐 수만 있다면 말이다.

수하들을 떼어 놓고 홀로 길을 나선 도현은 쉬지 않고 신강을 향해 움직이고 있었다.

그 속도가 어마어마한 지라 벌어졌던 마선의와의 거리를 금방 메우고도 남을 정도였다.

'제발! 아무 일도 없기를!'

빌고 또 빌어본다.

그리고 마침내 신강에 도착하고 얼마를 움직였을까.

도현은 볼 수 있었다.

온 사방에 피를 뿌리며 죽어 있는 수하들을.

그리고…… 부서진 가마를.

"사, 사부님!"

재빨리 가마로 향하는 도현.

그리고…… 그의 신형이 무너졌다.

"아아…… 아…… 아아아악!"

내지르는 비명.

도현의 눈에서 눈물이 흐른다.

붉고 진한 피 눈물이.

"아아아악!"

연신 내지르는 비명.

도현의 시선이 향한 그곳엔…….

심장이 사라진 패마가 있었다.

〈5권에서 계속〉

기갑미병 엑시온, 더 카페
작가 운월 허성환이 새롭게 선보이는 기갑판타지 장편소설!

천풍의
오르가
OLGA

대한민국 전통의 무술비가 금단무가(金丹武家)의 후손으로 태어난 김유림.
갑작스러운 사고로 목숨을 잃었지만 그의 영혼은 새로운 세상에서 다시 깨어난다.
로드윅 자작령의 개망나니 에릭의 몸을 빌려 환생한 김유림이
그의 경험과 기억을 모두 받아들인 후 내뱉은 한 마디.

이놈은 정말…, 개 쓰레기군.

영주의 망나니 막내아들 에릭.
일명 미친개로 불리는 그의 새로운 삶이 뜨겁게 펼쳐진다.
마도문명 최후의 병기 '천풍의 오르가' 와 함께.

돈, 명예, 다 필요 없어.
마음 내키는 대로
즐겁고 행복하게 살면 돼.
인생 뭐 있어?

운월 허성환
판타지 장편소설

NEO ORIENTAL FANTASY STOR

*출판 일정에 따라 출간일은 변경될 수